迦陵书系

迦陵
诗词稿

[加] 叶嘉莹 著

中华书局

图书在版编目（CIP）数据

迦陵诗词稿/（加）叶嘉莹著. —北京：中华书局，2024. 10
（2024.12重印）. —（迦陵书系：典藏版）. —ISBN 978-7-10
1-16814-3

Ⅰ. I711. 25

中国国家版本馆 CIP 数据核字第 2024ZF2795 号

书　　名	迦陵诗词稿	
著　　者	［加］叶嘉莹	
丛 书 名	迦陵书系（典藏版）	
责任编辑	李若彬	
装帧设计	刘　丽	
责任印制	陈丽娜	
出版发行	中华书局	
	（北京市丰台区太平桥西里 38 号　100073）	
	http://www. zhbc. com. cn	
	E-mail：zhbc@ zhbc. com. cn	
印　　刷	北京盛通印刷股份有限公司	
版　　次	2024 年 10 月第 1 版	
	2024 年 12 月第 2 次印刷	
规　　格	开本/880×1230 毫米　1/32	
	印张 9⅝　插页 2　字数 210 千字	
印　　数	6001-16000 册	
国际书号	ISBN 978-7-101-16814-3	
定　　价	52. 00 元	

出版说明

2006年，叶嘉莹先生写毕"迦陵说诗"系列丛书的序言，连同书稿交给中华书局，开启了与书局的合作，至今已历一十八载。在这十数年间，书局先后出版了《叶嘉莹说汉魏六朝诗》《叶嘉莹说阮籍咏怀诗》《叶嘉莹说唐诗》《叶嘉莹说诗讲稿》《迦陵诗词稿》《迦陵讲赋》等十余部作品。这些作品不仅涵盖了先生的学术专著、教学讲义和她个人的诗词作品，也有先生专门为青少年所写的普及读物，是先生一生的学术造诣、教学生涯、人生体悟的全面展现。这些图书在上市之后行销海内外，深受读者喜爱，重印数十次，并经历数次改版升级。其中，《叶嘉莹说唐诗》后因体量较大，拆分成两部——《叶嘉莹说初盛唐诗》与《叶嘉莹说中晚唐诗》。《迦陵诗词稿》则以中华书局2019年增订版为基础，收入叶先生截至2018年的诗词作品，并经作者本人审定。

今年迎来先生百岁诞辰。在先生的期颐之年，我们特将先生在书局出版的作品汇于一系，全新修订，精益求精，采用布面精装，并将更新后的先生年谱附于《迦陵诗词稿》之后，以期为读者朋友们提供一个更加完善的版本。

《楞严经》中有鸟名为"迦陵"，其仙音可遍十方界，因与"嘉莹"音颇近，故而叶嘉莹先生取之为别号。想必此鸟之仙音在世间的投射，便是叶先生之德音。有幸，最初先生讲述"迦陵说诗"系列的录音我们依然留存，并附于书中，虽因年代久远，部分内容或有残损，且因整理与修订幅度不同，录音与文字并不完全吻合，但今天我们依然能聆听先生教学之音，本身便不失为一大乐事。愿此音永在杏坛之上，将古典诗词感发的、蓬勃的生命力，注入国人心田之中。

中华书局编辑部

2024年8月

目　录

初集　曲稿

小令

套数

二集　词稿

序

缪 钺

　　加拿大籍华裔学者叶嘉莹教授自一九八二年始，每岁夏间来成都，与余共同研究评论唐五代两宋词，竭四年之力，至一九八六年，共撰《灵谿词说》四十二篇，自创体例，发抒所得，既已刊行问世矣。叶君尝出示其旧作诗词，而每有新什，亦必就余商榷利病。数年前，其女弟子某君辑录叶君旧作刊于台湾，曰《迦陵诗词稿》（附有散曲），去取未尽当也。近拟增补重刊，乞序于余。余不敢苟且下笔，故迟迟未有以应命。一九八八年夏，叶君应聘来四川大学，与余合作指导博士研究生。讲课之暇，深论诗词，余拟就所知所感者为君稿撰序以应凤约，乃琐事丛脞，属稿甫半。一九八九年，叶君本拟重来成都，然风云变幻，所愿未遂，信乎人生聚合之难期也。余重读君之所作，弥增怀远之思，遂赓续前稿，撰成此篇焉。

　　吾国诗教，源远流长。女子能诗者，代不乏人。然古代女子，毕生周旋于家庭之内、亲故之间，鲜能出而涉世，更不能预闻国政，自非极少数超群绝伦者之外，所作大抵柔婉有余而恢宏不足。譬如花树之植于庭园，饰为盆景，虽亦鲜妍可赏，然较诸生于深山大泽，更历风霜者，其气象之大小迥不侔矣。此固时代局限之所构成，不能苛求于前人也。至于兼能深研文史，发为著述，立足于学术之林者，在古代女诗人中尤少概见。叶君少长京华，离居台峤，遭罹家难，生计艰辛，而以坚韧不拔之操，人十己百之力，撰文讲学，才识日显。故于五十年代中期即为台湾大学中文系教授，六十年代中期，应聘至美国密歇根州立大学、哈佛大学为客座教授，后遂任加拿大不列颠哥伦比亚大学亚洲系终身教授，至今二十年矣。其间曾讲学日本，游历西欧，奇书秘籍，恣其研读，鸿生硕彦，相与切磋。祖国拨乱反正之后，叶君每岁归来，讲学著书，怀京华北斗之心，尽书生报国之力。专著已刊行者十三种，其余论文不计焉。其中论析陶渊明、杜甫、李商隐诸家诗，唐五代两宋名家词，下逮王国维之文论、创作及其为人，均能考订精审，阐发深微，且采用西方现象学、诠释学、符号学等文学新理论，进行反思与观照，遂能度越前修，独创新解。纵观叶君涉世之深，学养之富，出其余绪以为诗词，宜其所作实大声宏，厚积薄发，迥异于前代诸女诗人者矣。

叶君论诗词，极重感发兴起之功。夫感发兴起之功，由于作品中之真情实感。叶君具有真挚之情思与敏锐之观察力，透视世变，深省人生，感物造端，抒怀寄慨，寓理想之追求，标高寒之远境，称心而言，不假雕饰，自与流俗之作异趣。叶君少承家学，又于辅仁大学受业于顾羡季先生随，蒙其知赏，独得真传。君兼工诗词，而词尤胜，盖要眇宜修之体，幽微绵邈之思，固其才性之所近也。叶君少时为诗，清逸似韩致尧，其后更历世变，内涵既丰，境界开拓，所作大抵英发疏宕，卓然有以自异。至于填词，则商榷前藻，含英咀华，各取其所长以为己用，而因时序之迁移、内涵之歧异，又常有所更新。一九八八年，君尝谓余曰："吾生平作词，风格三变。最初学唐五代宋初小令；以后伤时感事之作又尝受苏、辛影响；近数年中，研读清真、白石、梦窗、碧山诸家词，深有体会，于是所作亦趋于沉郁幽隐，似有近于南宋者矣。"昔周介存选录宋四家词，主张学词者应由南返北，"问途碧山，历梦窗、稼轩以还清真之浑化"。今叶君作词之经历则是由北趋南，从冯、李、欧、秦、苏、辛诸人影响下脱化而出以归于周、姜、吴、王，取径不同，而其深造自得则一也。今选录叶君于不同年代所作词三首，庶可以见其意境风格三次嬗变之迹焉。

蝶恋花　一九五二年春台南作

倚竹谁怜衫袖薄。斗草寻春，芳事都闲却。莫问新来哀与乐。眼前何事容斟酌。

雨重风多花易落。有限年华，无据年时约。待屏相思归少作。背人划地思量着。

水龙吟　秋日感怀温哥华作　一九七八年

满林霜叶红时，殊乡又值秋光晚。征鸿过尽，暮烟沉处，凭高怀远。半世天涯，死生离别，蓬飘梗断。念燕都台峤，悲欢旧梦，韶华逝，如驰电。

一水盈盈清浅。向人间、做成银汉。阋墙兄弟，难缝尺布，古今同叹。血裔千年，亲朋两地，忍教分散。待恩仇泯没，同心共举，把长桥建。

瑶华 一九八八年七月北京作

戊辰荷月初吉，赵朴初先生于广济寺以素斋折简相邀，此地适为四十余年前嘉莹听讲《妙法莲华经》之地，而此日又适值贱辰初度之日，以兹巧合，怅触前尘，因赋此阕。

当年此刹，妙法初聆，有梦尘仍记。风铃微动，细听取、花落菩提真谛。相招一简，唤辽鹤、归来前地。回首处、红衣凋尽，点检青房余几。

因思叶叶生时，有多少田田，绰约临水。犹存翠盖，剩贮得、月夜一盘清泪。西风几度，已换了、微尘人世。忽闻道、九品莲开，顿觉痴魂惊起（注）。

注：是日座中有一杨姓青年，极具善根，临别为我诵其所作五律一首，有"待到功成日，花开九品莲"之句，故末语及之。

《蝶恋花》词婉约幽秀，承《花间》、南唐、欧、晏遗风；《水龙吟》词，感慨时艰，渴望祖国统一，豪宕激越，笔力遒健，颇受苏、辛之沾溉；至于《瑶华》词，则抚今思昔，感念人生，融合佛家哲理，取境幽美，用笔宕折，层层脱换，潜气内转，而卒归于浑化，则深有得于周、姜、吴、王之妙者。读者循此嬗变之迹以求之，可见叶君数十年中填词之用力精勤，日进不已也。

叶君尝与余纵论词史，谓千年之中，大变有四："唐五代词人所作多为应歌之小令，北宋初欧、晏诸公犹承其余风，虽蕴藉幽美，而内涵未丰；柳耆卿流连坊曲，采掇新声，大作慢词，开展铺叙之法，使繁复之景物情事能容纳于词中，此一变也。苏东坡具超卓之才华，旷逸之襟抱，以诗法入词，扩展内涵，更新境界，此二变也。周清真才情富艳，精通音律，以辞赋之法作词，安排勾勒，叙写情事，密丽精工，此三变也。王静安读康德、叔本华之书，融会西方哲学、美学思想于词中，以小喻大，思致深邃，开古人未有之境，此四变也。"叶君虽生长中华，而足迹涉及北美、西欧、日本，历览各国政俗文化，既精熟于故土之典籍，又寝馈于西方之著作，取精用宏，庶几能继王静安之后，于词体更开新境乎？此则余所馨香祝祷者矣。

一九八九年十一月写于四川大学历史系

学词自述（代序）

叶嘉莹

　　嘉莹于一九二四年生于燕京之旧家。初识字时，父母即授以四声之辨识。学龄时，又延姨母为师，课以四书。十岁以后即从伯父习作旧诗。然未尝学为词，而性颇好之，暇辄自取唐五代及北宋初期诸小令诵读，亦仿佛若有所得，而不能自言其好恶。年十一，以同等学力考入初中后，母亲为购得《词学小丛书》一部，始得读其中所附录之王国维《人间词话》，深感其见解精微，思想睿智，每一读之则心中常有戚戚之感。于是对词之爱好益深。间亦尝试写作，然以未习词之格律，但能写《浣溪沙》《鹧鸪天》等与诗律相近之小令而已。

　　一九四一年，考入辅仁大学国文系，次年始从清河顾随羡季先生受读唐宋诗，继又旁听其词选诸课。羡季先生原毕业于北京大学之英文系，然幼承家学，对古典诗歌有深厚之素养，而尤长于词曲。讲课时出入于古今中外之名著与理论之间，旁征博引，意兴风发，论说入微，喻想丰富，予嘉莹之启迪昭示极多。嘉莹每以习作之诗、词、曲呈先生批阅，先生辄对之奖勉备至。一日，拟取嘉莹习作之小令数阕交报刊发表，因问嘉莹亦有笔名或别号否，而嘉莹性情简率，素无别号。适方读佛书，见《楞严经》中有鸟名迦陵者，其仙音遍十方界，而"迦陵"与"嘉莹"之音，颇为相近，因取为笔名焉，是为第一次词作之发表。其后继有作品发表，无论为创作或论著，遂一直沿用此别号迄今，而与清代词人陈维崧之号"迦陵"者，固不相涉也。

一九四五年大学毕业后，曾在当时北平之数所私立中学任教。一九四八年三月，赴南京结婚，是年秋，随外子职务之迁移转往台湾。其后一年，甫生一女，即遭遇忧患，除一直未断教学之工作，借以勉强糊口抚养幼婴之外，盖尝抛弃笔墨不事研读写作者，有数年之久。

一九五三年，自台南转往台北，得旧日辅仁大学教师之介绍至台湾大学任教。一九六六年应聘赴美，曾先后在密歇根州立大学及哈佛大学任客座教授。一九六九年，应加拿大不列颠哥伦比亚大学之聘，至该校任亚洲研究系教授迄今。一生从事教学工作，虽在流离艰苦中，未尝间断，今日计之，盖已有三十八年之久矣。

主要著作已刊行者，有《迦陵谈诗》《迦陵谈词》《杜甫秋兴八首集说》《迦陵存稿》《王国维及其文学批评》《中国古典诗歌评论集》《迦陵论词丛稿》等（前四种在台湾刊印；第五、第六种原在香港中华书局刊印，后由广东人民出版社再版；最后一种由上海古籍出版社刊印）。此外，尚有发表于国内外各大学学报之中英文论著多篇，又有《迦陵论诗丛稿》一种，现正由北京中华书局刊印中。至于诗词曲之创作，则旧日在家居求学时期，虽时有所作，而其后为生活所累，忧患之余，遂不复从事吟咏。直至二十世纪七十年代后期，因多次返国，为故国乡情所动，始再从事诗词之创作，而不复为曲矣。部分诗词稿曾在国内外报刊发表，其中刊印或有脱误，或有经编者因编排需要而加以改动者，均尚未加以整理。

平生论词，早年曾受王国维《人间词话》及顾羡季先生教学之影响，喜读五代及北宋之作，至于南宋诸家，则除辛弃疾一人外，对其他词人赏爱者甚少。其后因在各大学任教，讲授词选多年，识见及兴趣日益开拓，又因在国外任教之故，对西方之文学理论亦有所接触，于是对诗歌之评赏，遂逐渐形成一己之见解。对旧传统之词论，渐能识其要旨及短长之所在，且能以西方之思辨方法加以研析及说明。所写《常州词派比兴寄托之说的新检讨》及《〈人间词话〉中批评之理论与实践》诸文，皆可见出对评词之理论方面所持之见解。至于从《温韦冯李四家词之风格》《梦窗词之现代观》及《碧山词析论》诸文中，则可以分别见出对不同风格之作者，在评说时所采取之不同途径。要而言之，则对词之看法，盖以为词与诗二者，既同属广义之诗歌，是以在性质上既有其相同之处，亦有其相异之点。若就其同者言之，则诗歌之创作首在其能有"情动于中"之一种感发之动机。此种感发既可以得之于"物色之动，心亦摇焉"的大自然界之现象，亦可以得之于离合悲欢抚时感事的人事界之现象。既有此感发之动机以后，还须要具有一种能将其"形之于言"的表达之能力，然后方能将其写之为诗，故"能感之"与"能写之"实当为诗与词之创作所同需具备之两种重要质素。然而诗人之处境不同，禀赋各异，其能感与能写之质素，自亦有千差万别之区分。故诗歌之评赏，便首需对此二种质素能做出精密正确之衡量。同是能感之，而其所感是否有深浅厚薄之不同；同是能写之，而其所写是否有优劣高下之轩轾。此实为诗与词之评赏所同需具备之两项衡量标准。是则诗与词无论就其创作之质素而言，或就其评赏之标准而言，二者在基本上固原有其相同之处也。然而诗与词又毕竟为两种不同之韵文体式，是以二者间遂又存在有许多相异之点。而造成此多种相异之点者，则主要由于形式之不同与性质之不同两种重要因素。先就形式之不同言之：词之篇幅短小，虽有长调，亦不能与诗中之五七言长古相比，而且每句之字数不同，音律亦曲折多变，故尔如诗中杜甫《北征》之质朴宏伟，白居易《长恨歌》之委曲详尽，便皆非词中之所能有。然而如词中冯延巳《鹊踏枝》之盘旋顿挫，秦观《八六子》之清丽芊绵，则又非诗中之所能有矣。再就性质之不同言之，则诗在传统中一向即重视"言志"之用意，而词在文人诗客眼中，则不过为歌筵酒席之艳曲而已。是以五代及北宋初期之小令，其内容所写皆不过为伤春怨别之情、闺阁园亭之景，以视诗中陶、谢、李、杜之情思襟抱，则自有所弗及矣。然而词之特色却正在于能以其幽微婉约之情景，予读者心魂深处一种窈眇难言之触动，而此种触动则可以引人生无穷之感发与联想，此实当为词之一大特质。王国维《人间词话》曾以"深美闳约"四字称美冯延巳之小词，又往往以丰美之联想说晏、欧诸家之词，便皆可视为自此种特质以读词之表现。然而此种特质，在作者而言，亦有得有不得也。是以作诗与说诗固重感发，而作词与说词之人则尤贵其能有善于感发之资质也。其后苏、辛二家出而词之意境一变，遂能以词之体式叙写志意，抒发襟怀，一洗绮罗香泽之态，于剪红刻翠之外，屹然别立一宗，此固为词之发展史上之一大盛事。盖五代北宋之小令，在当时士大夫之观感中，原不过为遣兴之歌曲，自苏、辛出而后能使词与诗在文学上获得同等之地位，意境既得以扩大，地位亦得以提高，此丰功伟绩固有足资称述者在也。然而既以诗境入词，而词遂竟同于诗，则又安贵乎其有词也？是以苏、辛二人之佳作，皆不仅在其能以诗境入词而已，而尤在其既能以诗境入词，而又能具有词之特质，如此者乃为其真正佳处之所在也。夫诗之意境何？能写襟抱志意也。词之特质何？则善于感发也。是以杜甫在诗中之写其襟抱志意也，乃可以有"致君尧舜上，再使风俗淳""穷年忧黎元，叹息肠内热"之句，直写胸怀，古朴质拙，自足以感人肺腑，此原为五言古诗之一种特质。然而如以长短句之形式写为此种质拙之句，则不免有率露之讥矣。此盖由形式不同，故其风格亦不能尽同也。是以苏东坡之写其高远之怀，则以"琼楼玉宇"为言，写其幽人之抱，则以"缥缈孤鸿"为喻。至于辛稼轩之豪放健举，慷慨纵横，然而观其《水龙吟》词之"楚天千里清秋"、《沁园春》词之"叠嶂西驰，万马回旋"诸作，其满腔忠愤郁郁不平之气，乃全以鲜明之形象、情景之相生及用辞遣句之盘郁顿挫表出之，无一语明涉时事，无一言直陈忠爱，而其感发动人之力则虽历千古而常新。后之人不明此理，而误以叫嚣为豪放，若此者既不足以知婉约，而又安知所谓豪放哉！至于苏、辛而后，又有专以雕琢功力取胜者，如南宋后期诸家，此固亦为各种文学体式发展至晚期以后之自然现象。若欲论其优劣，则如果以词之特质言之，固仍当以其中感发之质素之深浅厚薄为衡量之标准。梦窗、碧山纵不免晦涩沉滞之讥，然而有足观者，便因此二家之作品，仍并皆蕴含有深远幽微之感发之质素。至若草窗、玉田诸人，则纵使极力求工，而其感发之力则未免有所不足矣。昔周济在其《宋四家词选目录序论》中，即曾云："草窗镂冰刻楮，精妙绝伦，但立意不高，取韵不远，当与玉田抗行，未可方驾王、吴也。"所论实深为有见。而其所谓"立意不高，取韵不远"者，固当正由于其"能感之"之质素既有所不足，"能写之"之质素亦有所不足，是以既不能具有感发之力，亦不能传达感发之力故也。平生论词之见约略如此，至其详说，则有《迦陵论词丛稿》诸书可供参考焉。

至于对词之写作，则少年时虽往往触物兴感，时有尝试，然未尝专力为之。其后又饱经忧患，绝笔不事吟咏者有多年之久。近岁以来，虽因故国乡情之感，重拾吟笔，而功力荒疏，纵有感发之真，而殊乏琢炼之巧。前岁返国，与旧日同门诸友，在京聚首，回思昔年在沦陷区中从羡季先生读词之日，羡季先生往往写为寓兴深微之作，以寄托其国家民族之悲慨。而今则国家重振，百业方兴，欣喜之余，曾写有绝句一首，云："读书曾值乱离年，学写新词比兴先。历尽艰辛愁句在，老来思咏中兴篇。"故近年之词，每多关怀家国之作，此则平生为词之大略经过也。友人或有询其论词之作中曾对梦窗、碧山二家剖析精微，而所自作诸词则与二家殊不相类，其故何在？此或者一则由于生性简易，与二家繁丽精工之词风不甚相近；再则亦由于时代不同，不须更以隐晦之笔写凄楚之音也欤？

又昔日所写论词之作，往往多为单篇独立之论说，虽在理论方面亦曾逐渐形成一系统之概念，然而所说诸家之词，则并未尝有意做系统之安排也。自一九八二年返国在四川大学讲授唐宋词选，猥蒙前辈学者缪钺教授之知赏，相约共同撰述论词之专著《灵谿词说》，以七言绝句撮述要旨而附以散文之说明，喜其体制有简便灵活之妙用，遂商定共同合作，拟以此种体制对历代之词人、词作及词论，做较具系统之介绍。其中由嘉莹撰写之部分，已写得温、韦、冯、南唐二主及北宋初期之大晏与欧阳诸家，曾在《四川大学学报》先后发表，现仍在继续撰写中。至于关于撰写《灵谿词说》之动机，体例之详细说明，对于论词绝句、词话、词论诸体长短得失之衡量评述，以及此书所以取名"灵谿"之故，凡此一切，均详于拙稿《灵谿词说·前言》中。兹不具述。

一九八三年七月写于成都锦江宾馆

初　集

诗　稿

秋蝶　一九三九年

几度惊飞欲起难，晚风翻怯舞衣单。
三秋一觉庄生梦，满地新霜月乍寒。

对窗前秋竹有感　一九三九年

记得年时花满庭，枝梢时见度流萤。
而今花落萤飞尽，忍向西风独自青。

小紫菊　一九三九年

阶前瘦影映柴扉，过尽征鸿露渐稀。
淡点秋妆无那恨，斜阳闲看蝶双飞。

咏莲　一九四〇年夏

植本出蓬瀛，淤泥不染清。
如来原是幻，何以度苍生。

咏菊　一九四〇年

不竞繁华日，秋深放最迟。
群芳凋落尽，独有傲霜枝。

秋晓　一九四〇年

五更败叶因风落，声声檐际添萧索。

惊飞乌鹊欲何栖，四望寒霜满林薄。

蝴蝶　一九四一年春

常伴残梨舞，临风顾影频。

有怀终缱绻，欲起更逡巡。

漫惜花间蕊，应怜梦里身。

年年寒食尽，犹自恋余春。

高中毕业聚餐会后口占三绝

强饮离樽奈别何，言欢翻恨聚无多。

都将珍重前途语，发作筵前一曲歌。

歌罢方知强笑难，临风寂寞立更残。

交游总角风云散，回首芸窗涕泗澜。

握别灯阑夜已分，一弯斜月送归人。

他年若作儿时忆，回梦春风此最真。

入伏苦雨晚窗风入寒气袭人秋意极浓
因走笔漫成一律　　一九四一年夏

剪剪轻风冷，蒙蒙细雨愁。

计时犹是夏，变节竟成秋。

蝉噤高低树，烟迷远近楼。

孤灯如对月，明晦抑何尤。

挽缪金源先生　　一九四一年时在沦陷中

山林城市讵非讹，箪尽瓢空志未磨。

又见首阳千古节，春明也唱采薇歌。

读皖峰夫子诗后　　一九四一年秋

低讽如闻落笔声，兴言啼笑自天成。

青山碧水崚嶒气，有客高歌咏不平。

自古诗人涕泪多，一腔孤愤写悲歌。

每吟舒望遥山句，始信文章挽逝波。

自是春花富艳妆，东坡五醉不为狂。

林梅陶菊谁堪并，合铸新辞陆海棠。

哭母诗八首　　一九四一年秋

噩耗传来心乍惊，泪枯无语暗吞声。

早知一别成千古，悔不当初伴母行。

（母入医院时，莹欲随往，母力阻之，不料竟成此毕生恨事）

瞻依犹是旧容颜，唤母千回总不还。

凄绝临棺无一语，漫将修短破天悭。

重阳节后欲寒天，送母西行过玉泉。

黄叶满山坟草白，秋风万里感啼鹃。

（予家茔地在玉泉山后）

叶已随风别故枝，我于凋落更何辞。

窗前雨滴梧桐碎，独对寒灯哭母时。

飒飒西风冷穗帷，小窗竹影月凄其。

空余旧物思言笑，几度凝眸双泪垂。

本是明珠掌上身，于今憔悴委泥尘。

凄凉莫怨无人问，剪纸招魂诉母亲。

年年辛苦为儿忙，刀尺声中夜漏长。

多少春晖游子恨，不堪重展旧衣裳。

寒屏独倚夜深时，数断更筹恨转痴。
诗句吟成千点泪，重泉何处达亲知。

母亡后接父书 　一九四一年

昨夜接父书，开缄长跪读。

上仍书母名，康乐遥相祝。

惟言近日里，魂梦归家促。

入门见妻子，欢言乐不足。

期之数年后，共享团栾福。

何知梦未冷，人朽桐棺木。

母今长已矣，父又隔巴蜀。

对书长叹息，泪陨珠千斛。

悼皖峰夫子 　一九四一年

几回凭吊过嘉兴，俯视新碑感不胜。
遥想孤吟风露下，数丛磷火代青灯。

列坐春风未匝年，何期化雨遽成烟。
从今桃李无颜色，啼鸟声声叫杜鹃。

空山 　一九四一年秋

天上云连蔓草荒，芦花白到水中央。
空山秋后浑无梦，一片寒林绾夕阳。

铜盘

铜盘高共冷云寒，回首咸阳杳霭间。
秋草几曾迷汉阙，酸风真欲射东关。
击残欸乃渔人老，阅尽兴亡白水闲。
一榻青灯眠未稳，潮声新打夜城还。

过什刹海偶占 　一九四一年秋

一抹寒烟笼野塘，四围垂柳带斜阳。
于今柳外西风满，谁忆当年歌舞场。

晚秋偶占 　一九四一年秋

少年何苦学忘机，不待人非己自非。
老尽秋光无一事，坐看黄叶下阶飞。

秋兴 　一九四一年秋

十载南冠客，金台古易州。

浊醪无可醉，云树只供愁。

离乱那堪说，烟尘何日休。

高楼一夕梦，风雨又惊秋。

短歌行   一九四一年秋

西风倒吹易水波，恍闻当日荆卿歌。

白日竟下燕台去，秋草欲没宫门驼。

阖闾头，伍胥眦，馆娃宫殿今何似？

五陵风雨自年年，莫问兴亡千古事。

我今醉舞影婆娑，短歌未尽意蹉跎。

敲断吟簪细问他，人生不死将如何？

吁嗟乎，人生竟死将如何！

思君   一九四二年仍在沦陷中

倚遍阑干几夕阳，愁怀暮景共苍茫。

思君怕过离亭路，春草年年减故芳。

杨柳枝八首   一九四二年春

袅娜长条近陌头，闺中少妇怕登楼。

试看一片青青色，不系离人只系愁。

苏小家临浅水滨，年年春色柳丝新。
莺穿燕剪浑无奈，愿折长条赠远人。

深掩朱门拂碧塘，织成金缕看鹅黄。
馆娃宫殿凄凉甚，纵有千条总断肠。

怕听黄鹂度好音，西宫南内柳如金。
玄宗教得杨枝曲，吹向空城响易沉。

十里平芜欲化烟，移根无复忆西川。
而今大似琅琊木，谁抚长条为泫然。

最爱黄昏月上时，临风闲袅碧鬖枝。
含烟带雨常相忆，莫放杨花掠鬓丝。

新染曲尘碧似罗，笼烟织就舞裙多。
魏王堤畔东风路，多少春痕付梦婆。

飞燕娉婷掌上腰，汉王宠幸旧曾邀。
如何也向溪头舞，一例东风拂板桥。

春日感怀 一九四二年春

往迹如烟觅已难，东风回首泪先弹。
深陵高谷无穷感，沧海桑田一例看。
世事何期如梦寐，人心原本似波澜。
冲霄岂有鲲鹏翼，怅望天池愧羽翰。

闻蟋蟀 一九四二年

月满西楼霜满天，故都摇落绝堪怜。
烦君此日频相警，一片商声入四弦。

昨夜 一九四二年

别来塞草几经秋，昨夜西风雁绕楼。
万里征帆孤枕上，梦随明月到扬州。

归雁 一九四二年

不逢青鸟书难寄，已过衡阳休再来。
知否汀洲摇落后，沙明水净只堪哀。

秋草 一九四二年

西风扫尽一年痕，迢递王孙客梦昏。

烧影已空悲去雁，澹烟犹锁认归魂。

愁生塞北明妃冢，怨入江南黄叶村。

解识荣枯千古事，忽惊飞鸟下荒原。

坐对　一九四二年

坐对黄花感不胜，蓬莱消息近难凭。

浮云出岫姿多变，孤月横空影倍澄。

万里风高归白雁，三秋虫语入青灯。

萧萧寂处无人见，淡淡银河转玉绳。

寒蝉　一九四二年秋

怜君何事苦栖迟，又到羲和西向时。

凉露已收霜欲下，长吟休傍最高枝。

冬柳　一九四二年

记得青溪新涨迟，杨花飞尽晚春时。

谁怜十月隋堤道，剩把空枝两岸垂。

晚归　一九四二年

婆娑世界何方住，回首归程满落花。

更上溪桥人不识，北风寒透破袈裟。

折窗前雪竹寄嘉富姊　一九四二年冬

人生相遇本偶然，聚散何殊萍与烟。

忆昔遗我双竿竹，与君皆在垂髫年。

五度秋深绿阴满，此竹常近人常远。

枝枝叶叶四时青，严霜不共芭蕉卷。

昨夜西楼月不明，迷离瘦影似含情。

三更梦破青灯在，忽听玎玎进雪声。

持灯起向窗前烛，一片冻云白簇簇。

折来三叶寄君前，证取冬心耐寒绿。

寒假读诗偶得　一九四二年冬

每从沉着见空明，一片冰心澈底清。

造极反多平易语，眼前景物世间情。

剪就轻罗未易缝，深宵独对一灯红。

分明梦到蓬山路，尚隔蓬山几万重。

枉自　一九四二年冬

枉自浓阴聚，依然雪未成。

风高云转敛，月黑夜偏明。

迢递江南梦，荒寒塞北情。

严冬何寂寞，抚剑意纵横。

岁暮偶占 一九四二年

写就新词近岁除，半庭残雪夜何如。
青灯映壁人无寐，坐对参差满架书。

除夕守岁 一九四二年

今宵又饯一年终，坐到更深火不红。
明日春来谁信得，纸窗寒透五更风。

不接父书已将半载深宵不寐百感丛集灯下泫然赋此 一九四二年

雏凤应缘失母痴，天涯谁念最娇儿。
遥知今夜成都客，一样青灯两鬓丝。

六朝 一九四二年

莫对西风感六朝，江南秋草已全凋。
只今惟有秦淮月，冷照孤城夜半潮。

潇湘　一九四二年

怕唱潇湘斑竹枝^{（注）}，洞庭波起叶飞时。

衡阳归雁无消息，独卧空堂月上迟。

注：白居易有《斑竹枝曲》。

故都怀古十咏有序　一九四二年

　　幽燕之地，自昔称雄。右拥太行，左环沧海。河济绕其南，居庸障其北。内踞中原，外控朔漠。盖苏秦所谓天府百二之国，杜牧所谓王者得不可为王之地。是故历代帝王多都于此，为其草木山川，郁葱佳丽，有霸王之资也。虽然，古今递变，时异境迁。嘉莹幼长是邦，十余年间，足踪所及，则徒见风劲沙飞，土硗水恶，黄尘古道，殿宇丘墟而已。间读古史，又知燕赵古多悲歌之士，未尝不慨然而兴叹也。近以青峰夫子命，至北京图书馆有所检校，徘徊太液东侧，偶一翘首，惟见故国青山，西风黄叶。感怀今古，情有不能已于言者，因刺取城郊胜迹为《故都怀古十咏》。昔骆宾王在狱咏蝉，取代幽忧，莹何人斯，固不敢比美前人，亦取其意聊用抒怀已尔。

瀛台

台影临波几岁经，秋来摇漾满池萍。

槛龙休问当年事，转眼沧桑尽可惊。

太液池

御柳秋临太液波，残枝向尽尚婆娑。
禁城此日凄凉甚，水到金鳌饮恨多。

文丞相祠

世变沧桑今古同，成仁取义仰孤忠。
茫茫柴市风云护，两宋终收养士功。

于少保祠

丹心自誓矢孤忱，决策平戎卫紫宸。
岂意功高翻见戮，至今风雨泣铜人。

颐和园

飒飒西风苑树寒，颐和景物久阑珊。
当年帝子今何在，父老相传泪未干。

三忠祠

两代英灵聚一堂，中原共有恨茫茫。
遗踪指点归何处，空见祠前蔓草荒。

蒯文通坟

广渠近郭峙高丘，冷雨凄风几度秋。

庄语可教天子动，蒯生终不负韩侯。

将台

往来犹见故台基，貔虎英风渺莫追。
当日翠华临幸处，寒云衰草半迷离。

黄金台

萧萧易水自东来，督亢陂前半草莱。
枉说黄金可招士，登临徒使后人哀。

卢沟桥

黄树青烟入远郊，平川南北枕长桥。
愁看一线桑干水，滚滚尘氛总未消。

早春杂诗四首 一九四三年春仍在沦陷中

惊心岁月逝如斯，饯尽流光暗自悲。
故国远成千里梦，雪窗空负十年期。
眼前哀乐还须遣，身后是非那可知。
录就驼庵词一卷，案头香尽已多时。

烬余灯火不盈龛，手把楞严面壁参。
廿载赏心同梦蝶，一生作计愧春蚕。

文章自分无多望，家事于今始半谙。
莫怪东风人欲老，板桥垂柳已鬖鬖。

几夜东风送岁除，庭前依约草青初。
日光暖到能消雪，溪水生时隐见鱼。
屋老堆书堪自适，阶闲种竹不妨疏。
吾生拙懒无多事，日展骚经读卜居。

结习依然嗜苦吟，文章得失亦何心。
茶能破睡人终倦，酒不消愁醉更斟。
小阁栖迟留紫燕，凤城消息待青禽。
花前一溅伤春泪，明日池塘满绿阴。

故都春游杂咏　一九四三年春

三月西堤柳半冥，一篙野水涨浮萍。
长年不踏城郊土，不道西山尔许青。

停车爱看远山岚，一片天光映水蓝。
两岸人家门半掩，板桥垂柳似江南。

园名谐趣意何如，曲槛鸣泉大可居。
时听微风一惆怅，落花飞下打红鱼。

海棠开谢几回春，耶律祠临绿水滨。

欲问前朝兴废事，只今惟有燕泥新。

裂帛湖边春草青，溪池桥畔水泠泠。

空余碧玉如环句，一代风流忆阮亭^{（注）}。

玉泉山水旧知名，的的波光照眼明。

不是青龙桥畔过，谁知泉水在山清。

灵雨祠前旧酒旗，江山犹是昔人非。

剩有宫墙三数曲，晚来空送夕阳归。

斜日依山树影长，畏吾村畔柳千行。

吟鞭东指家何处，十载春明等故乡。

注：王渔洋有"裂帛湖光碧玉环"之句。编按：参见王氏《裂帛湖杂诗
    六首》其一。

昨夜东风来　一九四三年春

昨夜东风来，绿遍池塘草。

侵晨上高楼，极目天涯道。

楼下临碧波，枝头多啼鸟。

桃李正欣荣，鹈鴂鸣何早。

芳草易飘零，春华不常好。

奄忽西风至，憔悴谁能保。

叹彼世间人，蛮触纷相扰。

生寄矜察察，死归不了了。

大梦一朝觉，荣名何所宝。

不逢赤松子，我亦缁尘老。

生涯 一九四三年

日月等双箭，生涯未可知。

甘为夸父死，敢笑鲁阳痴。

眼底空花梦，天边残照词。

前溪有流水，说与定相思。

聆羡季师讲唐宋诗有感 一九四三年春

寂寞如来度世心，几回低首费沉吟。

纵教百转莲花舌，空里游丝只自寻。

读羡季师《载挚》诗有感 一九四三年春

宫殿槐安原是梦，歌残玉树总成尘。

吟诗忽起铜驼恨，我亦金仙垂涕人。

我本谈诗重义山，庚辞锦瑟解人难。

神情洽醉醇醪里，笺注难追释道安。

初夏杂咏四绝　　一九四三年夏

柳花吹尽更无绵，开到榆花满地钱。

一度春归一惆怅，绿槐阴里噪新蝉。

一庭榴火太披猖，布谷声中艾叶长。

初夏心情无可说，隔帘惟爱枣花香。

苏黄李杜漫平章，组绣飞扬各擅场。

谁识放翁诗法在，小楼听雨夜焚香[注]。

四月垂杨老暮烟，更于何处觅啼鹃。

空教夏意浓如许，荷叶青苔两未圆。

注：放翁《即事》诗曰：“组绣纷纷衒女工，诗家于此欲途穷。语君白日
　　飞升法，正在焚香听雨中。”

夏至　　一九四三年

冉冉青春移，亹亹朱夏至。

新荷叶乍圆，笋竹生阶次。

衷怀良未更，所悲时序异。

日暮怀远人，彷徨渺吾思。

回望碧云合，西山杳苍翠。

晼晚白日颓，夕霞正流媚。

盛年须及时，颜衰不复稚。

愿携尊及罍，高歌谋一醉。

为善愿勉旃，非为荣名贵。

达者识此机，酒中有深味。

拟采莲曲 一九四三年夏

采莲复采莲，莲叶何田田。

鼓棹入湖去，微吟自叩舷。

湖云自舒卷，湖水自沦涟。

相望不相即，相思云汉间。

采莲复采莲，莲花何旖旎。

艳质易飘零，常恐秋风起。

采莲复采莲，莲实盈筐筥。

采之欲遗谁？所思云鹤侣。

妾貌如莲花，妾心如莲子。

持赠结郎心，莫教随逝水。

夜来风雨作 一九四三年夏

风急天如怒，云多月不升。

三更飘暗雨，百感集孤灯。

旧梦都成幻，新生未可凭。

隔窗檐溜响，疑有浪千层。

夜坐偶感　一九四三年秋

日落尚煜耀，月上倏苍凉。

流莺啼未已，蟋蟀鸣空堂。

白露泻无声，风入夜气凉。

人生徒有情，天意终无常。

奄忽年命尽，便当归北邙。

事业谁能就，千古同一伤。

感此不能言，四顾心茫茫。

秋宵听雨二首　一九四三年秋

四壁吟蛩睡未成，簟纹初簇早凉生。

隔帘一阵潇潇雨，洒作新秋第几声。

小院风多叶满廊，沿阶虫语入空堂。

十年往事秋宵梦，细雨青灯伴夜凉。

咏怀　一九四三年秋

高树战西风，秋雨檐前滴。

蟋蟀鸣空庭，夜阑犹唧唧。

空室阒无人，萱帏何寂寂。

自母弃养去，忽忽春秋易。

出户如有遗，入室如有觅。

斜月照西窗，景物非畴昔。

空床竹影多，更深翻历历。

稚弟年尚幼，谁为理衣食？

我不善家事，尘生屋四壁。

昨夜雁南飞，老父天涯隔。

前日书再来，开函泪沾臆。

上书母氏讳，下祝一家吉。

岂知同床人，已以土为宅！

他日纵归来，凄凉非旧迹。

古称蜀道难，父今头应白。

谁怜半百人，六载常做客。

我枉为人子，承欢惭绕膝。

每欲凌虚飞，恨少鲲鹏翼。

苍茫一四顾，遍地皆荆棘。

夜夜梦江南，魂迷关塞黑。

登楼 一九四三年

晚日登高楼，极目眺夕晖。

微风丛林杪，远岭暮烟霏。

侘傺滋多感，徙倚自生悲。

寒波澹易水，浮云黯翠微。

回溪萦曲带，平路多威夷。

孤兽茕茕走，野鸟觅侣飞。

春花落欲尽，绿叶密如帏。

欲济无河梁，欲息无钓矶。

东山送明月，霜露沾人衣。

斯宇不可处，悄然掩故扉。

园中杏花为风雪所袭 一九四四年春仍在沦陷中

天涯草，生千里，红杏一枝风雪里。

天涯草青人不归，红杏花残随逝水。

花谢花开年不殊，秦宫汉阙今平芜。

试问五陵原上冢，冢中谁是当年吾？

百岁光阴等朝夕，吊花休将泪沾臆。

洞庭木叶几回飞，十二晚峰常历历。

题羡季师手写诗稿册子　一九四四年夏

自得手佳编，吟诵忘朝夕。

吾师重锤炼，辞句诚精密。

想见酝酿时，经营非苟率。

旧瓶入新酒，出语雄且杰。

以此战诗坛，何止黄陈敌。

小楷更工妙，直与晋唐接。

气溢乌丝阑，卓荦见风骨。

人向字中看，诗从心底出。

淡宕风中兰，清严雪中柏。

挥洒既多姿，盘旋尤有力。

小语近人情，端厚如彭泽。

诲人亦谆谆，虽劳无倦色。

弟子愧凡夫，三年面墙壁。

仰此高山高，可瞻不可及。

摇落　一九四四年秋

高柳鸣蝉怨未休，倏惊摇落动新愁。

云凝墨色仍将雨，树有商声已是秋。

三径草荒元亮宅，十年身寄仲宣楼。

征鸿岁岁无消息，肠断江河日夜流。

晚秋杂诗五首　一九四四年秋

鸿雁飞来露已寒，长林摇落叶声干。

事非可忏佛休佞，人到工愁酒不欢。

好梦尽随流水去，新诗惟与故人看。

平生多少相思意，谱入秋弦只浪弹。

西风又入碧梧枝，如此生涯久不支。

情绪已同秋索寞，锦书常与雁参差。

心花开落谁能见，诗句吟成自费辞。

睡起中宵牵绣幌，一庭霜月柳如丝。

深秋落叶满荒城，四野萧条不可听。

篱下寒花新有约，陇头流水旧关情。

惊涛难化心成石，闭户真堪隐作名。

收拾闲愁应未尽，坐调弦柱到三更。

年年樽酒负重阳，山水登临敢自伤。

斜日尚能怜败草，高原真悔植空桑。

风来尽扫梧桐叶，燕去空余玳瑁梁。

金缕歌残懒回首，不知身是在他乡。

花飞无奈水西东，廊静时闻叶转风。

凉月看从霜后白，金天喜有雁来红。

学禅未必堪投老，为赋何能抵送穷。

二十年间惆怅事，半随秋思入寒空。

附　顾随先生和诗　晚秋杂诗六首用叶子嘉莹韵

倚竹凭教两袖寒，何须月照泪痕干。

碧云西岭非迟暮，黄菊东篱是古欢。

淡扫严妆成自笑，臂弓腰箭与谁看。

琵琶一曲荒江上，好是低眉信手弹。

巢苇鹪鹩借一枝，鱼游沸釜已难支。

欲将凡圣分迷悟，底事彭殇漫等差。

辛苦半生终不悔，饥寒叔世更何辞。

自嘲自许谁能会，携妇将雏鬓有丝。

青山隐隐隔高城，一片秋声起坐听。

寒雨初醒鸡塞梦，西风又动玉关情。

眼前哀乐非难遣，心底悲欢不可名。

小鼎篆香烟直上，空堂无寐到深更。

旧殿嵯峨向夕阳，高槐落叶总堪伤。

十年古市非生计，五亩荒村拟树桑。

故国魂飞随断雁，高楼燕去剩空梁。

抱穷独醒已成惯，不信消愁须醉乡。

一片西飞一片东，萧萧落叶逐长风。

楼前高柳伤心碧，天外残阳称意红。

陶令何曾为酒困，步兵正好哭途穷。

独下荒庭良久立，青星点点嵌青空。

莫笑穷愁吟不休，诗人自古抱穷愁。

车前尘起今何世，雁背霜高正九秋。

放眼青山黄叶路，极天绝塞夕阳楼。

少陵感喟真千古，我亦凭轩涕泗流。

羡季师和诗六章用《晚秋杂诗五首》及《摇落》一首韵
辞意深美自愧无能奉酬无何既入深冬岁暮天寒载途
风雪因再为长句六章仍叠前韵 一九四四年冬

一杯薄酒动新寒，短笛吹残泪未干。

楼外斜阳几今昔，眼前风景足悲欢。

生机半向愁中尽，往事都成梦里看。

此世知音太寥落，宝筝瑶瑟为谁弹。

庭槐叶尽剩空枝，一入穷冬益不支。

日落高楼天寂寞，寒生短榻梦参差。

早更忧患诗难好，每话艰辛酒不辞。
昨日长堤风雪里，两行枯柳尚垂丝。

尽夜狂风撼大城，悲笳哀角不堪听。
晴明半日寒仍劲，灯火深宵夜有情。
入世已拚愁似海，逃禅不借隐为名。
伐茅盖顶他年事，生计如斯总未更。

莫漫挥戈忆鲁阳，孤城落日总堪伤。
高丘望断悲无女，沧海波澄好种桑。
人去三春花似锦，堂空十载燕巢梁。
经秋不动思归念，直把他乡作故乡。

滚滚长河水自东，岁阑动地起悲风。
冢中热血千年碧，炉内残灰一夜红。
寂寞天寒宜酒病，徘徊日暮竟途穷。
谁怜冬夜无人赏，星影摇摇满太空。

雪冷风狂正未休，严冬凛冽孰销愁。
难凭碧海迎新月，待折黄花送故秋。
极浦雁声惊失侣，斜阳鸦影莫登楼。
禅心天意谁能会？一任寒溪日夜流。

附　顾随先生和诗　七言长句五章再用叶子嘉莹《晚秋杂诗五首》韵

心波荡潏碧溪寒，意绪焦枯朔雪干。
扫地焚香总无赖，当歌对酒愧清欢。
大星自向天际堕，太白休登楼上看。
此调明知少人识，朱弦一拂再三弹。

颠危正要借筇枝，一木难将大厦支。
投宿群鸦影凌乱，归飞双雁羽参差。
无多芳草美人意，有限黄绢幼妇辞。
乞与法衣传不得，南能一命记悬丝。

祇树园居舍卫城，海潮音发大千听。
无生法忍众生度，希有世尊同有情。
物化神游犹外道，菩提般若亦常名。
一心朗朗明如月，陵谷沧桑任变更。

端阳一去过重阳，霰雪交飞益感伤。
四海扬波淹日月，九州无地老耕桑。
休夸汉代金张第，不羡卢家玳瑁梁。
几案无尘茶饭好，十年前是白云乡。

当年相遇桂堂东，此际全非昨夜风。

潴潴月痕眉样子，摇摇窗影烛花红。

间关绝塞人空老，濩落生涯天所穷。

唤起当筵龙象众，神槌一击碎虚空。

冬至日与在昭等后海踏雪作　一九四四年冬

北地朔风寒，衷怀常郁结。

喜逢至日晴，结伴踏积雪。

四宇净无尘，平原皓且洁。

回首望西山，霁色扑眉睫。

浮云一流动，残雪明复灭。

近瞰钟鼓楼，宏声何年歇。

城郭纵未非，人民已全易。

我辈值乱离，感兹空叹息。

吁嗟乎银锭桥头车马喧，触战蛮争年复年。

君不信此雪晶莹不常保，归来看取檐溜前。

岁暮杂诗三首　一九四四年冬

举世劳劳误到今，更从何处涤烦襟。

海潮枉说如来法，锦瑟宁传太古音。

一片花飞妨好梦，十年事往负初心。

人间遗枕知多少，不见天涯有邓林。

清愁寂寞当清欢，参学空依六祖坛。

道力未因人力长，诗情渐与岁情阑。

案头香烬心常懒，帘外风多酒易寒。

说着向来哀乐事，等闲都似梦中看。

急管繁弦满大都，飘零只合一身孤。

江山有恨花仍发，天地无情眼欲枯。

酒薄难寻欢意味，锦长空费绣工夫。

早知双鬓无堪惜，一任堂堂日月徂。

得凤敏学姊书以诗代简 一九四五年秋

大城成苦住，尘土日纷纭。

得信无堪寄，当歌每忆君。

楼高萦旧梦，天远怅停云。

数尽归鸦影，苍茫立夕曛。

转蓬 一九五〇年

一九四八年随外子工作调动渡海迁台。一九四九年冬，长女生甫三月，外子即以思想问题被捕入狱。次年夏，余所任教之彰化女中自校长以下教员六人又皆因思想问题被拘询，余亦在其中。遂携哺乳中未满周岁之女同被拘留。其后余虽幸获释出，而友人咸劝余应辞去彰化女中之教职，以防更有他变。时外子既仍在狱中，余已无家可归。天地茫茫，竟不知谋生何往，因赋此诗。

转蓬辞故土，离乱断乡根。

已叹身无托，翻惊祸有门。

覆盆天莫问，落井世谁援。

剩抚怀中女，深宵忍泪吞。

郊游野柳偶成四绝　一九六二年台北作

岂是人间梦觉迟，水痕沙渍尽堪思。

分明海底当前见，变谷生桑信有之。

挥杯昔爱陶公饮，避地今耽海上云。

病多辞酒非辞醉，坐对烟波意自醺。

敢学青莲笑孔丘，十年常梦入沧洲。

头巾何日随风掷，散发披裘一弄舟。

潮音似说菩提法，潮退空余旧梦痕。

自向空滩觅珠贝，一天海气近黄昏。

海云　一九六二年台北作

眼底青山迥出群，天边白浪雪纷纷。

何当了却人间事，从此余生伴海云。

读《庄子·逍遥游》偶成二绝 一九六四年台北作

天池旧约誓来归，六月息居短梦非。

野马尘埃吾不惧，云鹏何日果南飞。

孤池绝海向云开，欲待飞鹏竟不来。

一自庄周寓言后，水天寥落只堪哀。

读义山诗 一九六四年台北作

信有姮娥偏耐冷，休从宋玉觅微辞。

千年沧海遗珠泪，未许人笺锦瑟诗。

南溟 一九六四年台北作

白云家在南溟水，水逝云飞负此心。

攀藕人归莲已落，载歌船去梦无寻。

难回银汉垂天远，空泣鲛珠向海沉。

香篆能消烛易尽，残灰冷泪怨何深。

一九六八年春张充和女士应赵如兰女士之邀携其及门高弟李卉来哈佛大学演出昆曲《思凡》《游园》二出诸友人相继有作因亦勉成一章

白雪歌声美，黄冠舞态新。

梦回燕市远，莺啭剑桥春。

弦诵来身教，宾朋感意亲。

天涯聆古调，失喜见传人。

一九六八年秋留别哈佛三首

又到人间落叶时，飘飘行色我何之。

曰归枉自悲乡远，命驾真当泣路歧。

早是神州非故土，更留弱女向天涯。

浮生可叹浮家客，却羡浮槎有定期。

天北天南有断鸿，几年常在别离中。

已看林叶经霜老，却怪残阳似血红。

一任韶华随逝水，空余生事付雕虫。

将行渐近登高节，惆怅征蓬九月风。

临分珍重主人心，酒美无多细细斟。

案上好书能忘暮，窗前嘉树任移阴。

客情忽共伤留去，论学曾同辨古今。

试写长谣抒别意，云天东望海沉沉。

附一　吉川幸次郎（善之）和诗　庚戌十二月贞女岛古典文学会议中作

世运奔波各异时，人间歌哭志安之。

英灵河岳鸿篇铸，流别文章家数歧。

原始堪寻天两血，谈论好向水之涯。

曹姑应有东征赋，我欲赏音钟子期。

南来士女逐宾鸿，谈吐缤纷西复中。

洪浪接天都一碧，檐花经雨逾殷红。

测圭方识星朱鸟，浴海真成王倮虫。

群怨兴观评驳倦，危楼聊倚溯流风。

渊源诗品与文心，古井欲波容共斟。

玉局和陶居海外，兰亭修禊在山阴。

词人慧业堪终古，家法攀援可证今。

溟渤光浮孤岛曙，景情相遇足钩沉。

附二 周策纵教授和作 一九七〇年十二月九日贞女岛作

蕉叶留青不记时，偶来南国更何之。

原文千载穷陶迹，论道三朝见路歧。

淮雨别风生岛趣，异花奇石满天涯。

兰亭后会无前约，百代词人傥可期。

邈邈予怀逐断鸿，彝铭征故每难中。

俳优比兴消愁绿，脂砚丹青品梦红。

稍别意言闻咏絮，细论沉郁愧雕虫。

横流逸韵终非并，绝海萧条魏晋风。

相逢白发印文心，清浊刚柔与共斟。
异地神交惟夏日，故家修竹拟山阴。
摛辞引气犹疑古，偏诣论诗已证今。
江海相忘又明日，无端歌哭意深沉。

附三　顾毓琇教授和诗

和叶嘉莹女士、周策纵教授、吉川幸次郎先生三律。

人间又到岁寒时，白雪纷飞且赏之。
天际徒悲星散落，客踪每苦路分歧。
梦游灵谷经盘谷，志在云涯傍海涯。
便欲乘槎回故土，神州消息尚无期。

离乡万里有征鸿，枫树斜阳山色中。
千岭飞霜寒露白，三更滴泪蜡灯红。
无花春桂待秋桂，何意冬虫问夏虫。
荏苒光阴逾廿载，云天怅望玉关风。

出没星辰岂有心，夕阳无语酒频斟。
兰亭修禊流觞水，玉笛飞声嘉树阴。
同好论文兼解字，难能博古复通今。
联吟仙岛怀贞女，鬓影钗光夜色沉。

水云谣

　　一九六八年旅居美国康桥，赵如兰女士嘱我为其父赵元任先生所作之歌曲填写歌辞，予素不解音律，而此曲早有熊佛西先生所写之歌辞，因按照熊辞之格式试写《水云谣》一曲。

一　云淡淡，水悠悠，两难留。白云飞过天上，绿水流过江头。云水一朝相识，人天从此多愁。

二　云缠绵，水沦涟，云影媚，水光妍。白云投影在绿水的心头，绿水写梦在云影的天边。水忘怀了长逝的哀伤，云忘怀了飘泊的孤单。

三　云化雨，水成云，白云愿归向一溪水，流水愿结成一朵云。一任花开落，一任月晴阴，唯流水与白云，生命永不分。

四　云就是水，水就是云，云是水之子，水是云之母。生命永相属，形迹何乖分，水云相隔梦中身。

五　白云渺渺，流水茫茫，云飞向何处，水流向何方？有谁知生命的同源，有谁解际遇的无常？

六　水云同愿，回到永不分的源头，此情常在，此愿难酬。水怀云，云念水，云飞水长逝，人天长恨永无休。

附　熊佛西原辞

一　爱之泉，爱之源，愿你流到天上，愿你流到人间，愿你流个永久，愿你流个普遍。

二　诗之苗，诗人要，爱之苗，诗人要，愿你生长在诗人的心里，愿你歌唱在诗人的心头，愿你颂尽人间的快乐，愿你唱尽人间的烦恼。

三　爱之花，爱之果，愿你不要像一朵花，愿你不要像一颗果，鲜花容易谢，美果容易落，愿你像个沙漠地的大骆驼。

四　诗就是爱，爱就是诗，诗是爱之泉，爱是诗之母，生命就是爱，爱就是生命，一对恩爱的情人。

五　我是爱神，你是诗人，我是爱之母，你是诗之父，咱们是生命的结晶，咱们是生命的结晶。

六　爱、诗、生命，三个分不开的和声，应该拥抱，应该接吻，我是爱，你是诗，你我诗与爱，就是生命的灵魂。

初 集

词 稿

如梦令　一九四〇年

山似眉峰愁聚。水送春随人去。一棹剪江行，多少绿杨迷路。何处。何处。不见桃源前渡。

醉公子

玉栏人独倚。尝遍清秋味。懒去画蛾眉。妆成欲对谁。
暮霞斜照水。江上枫林醉。江水解相思。东流无尽时。

三字令

怀锦瑟，向谁弹。掷流年。千点泪，一声弦。路茫茫，尘滚滚，是人间。
抬首望，碧云天。莫凭栏。秋易老，恨难言。月华明，更鼓尽，梦江南。

临江仙　一九四〇年秋

一片冻云天欲暮，长空败叶萧萧。蓟门烟雨白门潮。几回月上，回首恨难消。
莫向荒城寻故垒，秋来塞草全凋。北风吹响万林梢。倚栏人去，雁影落寒郊。

浣溪沙　一九四一年春

屋脊模糊一角黄。晚晴天气爱斜阳。低飞紫燕入雕梁。

翠袖单寒人倚竹，碧天沉静月窥墙。此时心绪最茫茫。

忆萝月　送母殡归来　一九四一年秋

萧萧木叶。秋野山重叠。愁苦最怜坟上月。惟照世人
离别。

平沙一片茫茫。残碑蔓草斜阳。解得人生真意，夜深清呗
凄凉。

浣溪沙　一九四一年秋

忍向长空仔细看。秋星不似夏星繁。任教明灭有谁怜。

诗思判同秋水瘦，此心宁共夜风寒。雁鸿飞尽莫凭栏。

明月棹孤舟　一九四一年秋

连日西风连夜雨。恁凄凉、几时才住。孤雁单寒，秋云淡
薄，休向远天凝伫。

寂寞黄花都老去。是繁华、总归尘土。小院低墙，霜阶露
砌，多少暗蛩低语。

浣溪沙　一九四一年冬

坐觉宵寒百感并。长街孤柝报初更。向人惟有一灯青。
岂是有生皆有恨，果然无福合无情。至今恩怨总难明。

菩萨蛮　母殁半年后作

伤春况值清明节。纸灰到处飞蝴蝶。杨柳正如丝。雨斜魂
断时。
人怜花命薄。人也如花落。坟草不关情。年年青又青。

荷叶杯

记得满帘飞絮。春暮。争信有而今。半庭衰柳不成阴。黄
叶没阶深。
从此五更风月。愁绝。情绪几人知。繁华纵有来年期。憔
悴已如斯。

南乡子

柳带斜阳。古城风起暮鸦翔。独自归来行又住。何处。南
北东西尘满路。

浣溪沙　一九四二年春

莫遣佳期更后期。人间桑海已全非。怀人肠断玉谿诗。

杜宇声悲春去早，落花风定燕归迟。一帘微雨细于丝。

如梦令　残柳　一九四二年秋

冷落清秋时节。枝上晚蝉声咽。瘦影太伶仃，忍向寒塘自瞥。凄绝。凄绝。肠断晓风残月。

踏莎行　一九四二年秋

霜叶翻红，远山叠翠。暮霞影落秋江里。渔舟钓艇不归来，朦胧月上风将起。

鸿雁飞时，芦花开未。故园消息凭谁寄。楼高莫更倚危栏，空城唯有寒潮至。

临江仙　一九四二年

十八年来同逝水，诗书误到而今。不成长啸只低吟。枉生燕赵，慷慨志何存。

每对斜阳翻自叹，空阶立尽黄昏。秋来春去总消魂。茫茫人海，衣帽满征尘。

浣溪沙四首　一九四三年春

送尽春归人未归。斜街长日柳花飞。旧欢新怨事全非。
风紧已催红蕊落，雨多偏觉绿阴肥。满川芳草杜鹃啼。

岁岁东风塞北沙。离人真个不思家。任教新绿上窗纱。
破屋檐低微见月，空阶树老不能花。敢言花月作生涯。

漠漠京华十丈尘。浮生常是感离群。眼前谁是意中人？
新柳染成江岸绿，燕雏老尽画梁春。等闲情事亦销魂。

蚕簇初成四月天。紫藤开遍柳吹绵。一春情绪落花前。
海燕来时人未老，王孙去后草如烟。忍将哀乐损华年。

浣溪沙　一九四三年春

记得南楼柳似金。隔帘依约见青禽。空花梦好酒杯深。
昨日偶寻黄叶路，西风老尽少年心。恁时争信有而今。

临江仙　题秀蕴学姊纪念册　一九四三年春

开到藤花春色暮，庭前老尽垂杨。等闲离别易神伤。一杯
相劝醉，泪湿缕金裳。

别后烟波何处是？酒醒无限思量。空留佳句咏天香。几回

寻往事，肠断旧回廊。

（秀蕴有《咏天香庭院》诗曰："天香绿竹几千竿，
昔日朱门今杏坛。绕遍回廊寻往事，斜阳犹在旧栏干。"）

踏莎行 次羡季师韵 一九四三年春

草袭春堤，波摇春水。庭前冻柳眠难起。闲行花下问东
风，可能吹暖人间世？

柝响更楼，钟传野寺。几人解得浮生事。竞将韶秀说春
山，争知山在斜阳里。

踏莎行 用羡季师句试勉学其作风苦未能似 一九四三年春

烛短宵长，月明人悄。梦回何事萦怀抱。撇开烦恼即欢
娱，世人偏道欢娱少。

软语叮咛，阶前细草。落梅花信今年早。耐他风雪耐他
寒，纵寒已是春寒了。

鹧鸪天 广济寺听法后作 一九四三年秋

一瓣心香万卷经。茫茫尘梦几时醒。前因未了非求福，风
絮飘残总化萍。

时序晚，露华凝。秋莲摇落果何成。人间是事堪惆怅，檐
外风摇塔上铃。

鹧鸪天　一九四三年秋

叶已惊霜别故枝。垂杨老去尚余丝。一江秋水蘋开晚，几片寒云雁过迟。

愁意绪，酒禁持。万方多难我何之。天高风急宜猿啸，九月文章老杜诗。

临江仙　闻羡季师谱聊斋连琐事有感　一九四四年

记把聊斋灯下读，少年情绪偏痴。生生死死系人思。至今窗影下，仿佛鬼吟诗。

莫道十年如一梦，梦醒亦复如斯。北邙山下夜乌啼。才看青鸟至，又见湿萤飞。

临江仙　连日不乐夜读《秋明集》有作　一九四四年

早岁不知有恨，逢人艳说多情。而今真个悟人生。恨多情转薄，春老燕飘零。

剩把虚窗邀月，一编好读秋明。长街何处报更声。夜灯应有意，故故向人青。

鹧鸪天　一九四四年春

生计何须费剪裁。当春犹是旧情怀。心同古井波难起，愁似轻阴郁不开。

花谢去，燕归来。一瓶春酒醉空斋。两当诗句犹能记，会买白杨遍地栽。

南歌子　一九四四年夏

垂柳经时老，鸣蝉镇日劳。绿窗掩梦尽无聊。一任榴花结实藕花娇。

岁月蹉跎过，雄心取次消。隔帘风竹晚萧萧。楼外谁家横笛弄清宵。

破阵子二首　咏榴花　一九四四年夏

谁道园林寂寞，榴花煞自红肥。多少春芳零落尽，独向骄阳吐艳辉。神情动欲飞。

一种浓妆最好，十分狂态相宜。好待秋成佳实熟，说与西风尽浪吹。飘零未可悲。

时序惊心流转，榴花触眼鲜明。芳意千重常似束，坠地依然未有声。有谁知此生。

不厌花姿秾艳，可怜人世凄清。但愿枝头红不改，伴取筵前樽酒盈。年年岁岁情。

水龙吟　咏榴花用东坡咏杨花韵代友人作　一九四四年

日长寂寞园林，倚南窗梦魂飘坠。蓦地惊心，榴花照眼，动人幽思。色艳如霞，情浓胜火，芳心深闭。点砌下苍苔，绛英三五，时时被，风吹起。

常怨东君薄幸，向阳春、不教红缀。宵来暴雨，朝来烈日，欢情零碎。开到飘零，无香有恨，愿随流水。镇相看默默，无言只解，伴人垂泪。

临江仙　一九四四年秋

处世原无好计，有生须耐凄凉。秋来天半露为霜。一行征雁去，四野叶初黄。

万物已悲摇落，菊花还作重阳。谁家薄幸不还乡。赚人明镜里，和泪试严妆。

鹧鸪天二首　一九四四年秋

香印烧残心字灰。蝉声初断雁声悲。坐看白日愁依旧，小步秋林懒便回。

清梦远，晚风微。戏拈螺黛点双眉。阶前种得黄花好，莫问秋情说向谁。

欲赋秋情尽费辞。秋情只在碧梧枝。枝头新月如眉好，枝下寒蛩彻夜啼。

蛩不断，月移西。新寒袭遍旧罗衣。中宵独下空庭立，几点流萤绕树飞。

南歌子　一九四四年秋

秋水连天瘦，征鸿取次稀。阶前黄叶久成堆。犹自西风彻夜满林吹。

酒薄愁偏重，灯阑梦未回。者般生计已全非。细数人天恩怨总堪疑。

醉太平　一九四四年秋

风凉露凉。花黄叶黄。一年容易重阳。总离人断肠。

眉长鬓长。天长恨长。纵然憔悴何妨。苟余情信芳。

蝶恋花　一九四四年秋

重九中秋都过了。木叶萧萧，坐觉秋风袅。欲上高楼看落照。平林荒野余衰草。

一抹寒烟鸿雁渺。气爽天高，北地秋光好。把酒劝君同一笑。莫教人被黄花恼。

菩萨蛮 一九四四年秋

平城夕照秋阳阔。满林枫叶胭脂色。一霎斗红肥。明朝取次飞。

相逢皆漠漠。世上人情薄。稽首拜观音。多情乃佛心。

贺新郎 夜读羡季师《稼轩词说》感赋 一九四四年秋

此意谁能会。向西窗、夜灯挑尽,一编相对。时有神光来纸上,恍见上堂风致。应不愧、稼轩知己。爱极还将小语谑,尽霜毫、挥洒英雄泪。柏树子,西来意。

今宵明月应千里。照长江、一江白水,几多兴废。无数青山遮不住,此水东流未已。想人世、古今同此。把卷空余千载恨,更无心、琐琐论文字。寒漏尽,夜风起。

浣溪沙五首 用韦庄《浣花词》韵 一九四四年冬时北平沦陷已七年之久

别后魂销塞北天。十年尘满旧金钿。更无清梦到君前。
手把玉箫吹不断,梧桐凋尽独凭栏。碧云楼外月初残。

说到人生已自慵。更无尘梦不惺忪。昨宵星月桂堂风。
弦柱休弹金落索,锦囊深贮玉玲珑。心花验取旧时红。

清夜双眉入鬓斜。自携灯影障红纱。楼高谁识谢娘家。

断梦初沉天际月，离情难寄岭头花。寒林珍重护朝霞。

重拨心灰字已残。思君凭遍旧阑干。有情争信锦盟寒。
尺素裁成无可寄，双鸳织就与谁看。惟将别泪祝平安。

杜宇黄莺各自啼。一春肠断魏王堤。绿杨芳草尚萋萋。
经岁王孙游不返，隔邻骄马更能嘶。空庭零落燕巢泥。

采桑子　一九四五年春

新春那有新情绪，依旧风沙。依旧天涯。依旧行人未有家。
闲中检点闲哀乐，旧梦都差。旧愿仍赊。酒后清愁细细加。

破阵子　一九四五年春

理鬓熏衣活计，拈花斗草心情。笑约同窗诸女伴，明日西
郊试马行。踏青鞋已成。
入夜预愁风雨，隔帘细数春星。莫怪新来无梦好，且喜风
光到眼明。镜中双鬓青。

采桑子　一九四五年春

少年惯做空花梦，篆字香熏。心字香温。坐对轻烟写
梦痕。

而今梦也无从做，世界微尘。事业浮云。飞尽杨花又一春。

破阵子　五月十五日与在昭学姊夜话时将近毕业之期

记向深宵夜话，长空皓月晶莹。树杪斜飞萤数点，水底时闻蛙数声。尘心入夜明。

对酒已拚沉醉，看花直到飘零。便欲乘舟飘大海，肯为浮名误此生。知君同此情。

　　　　　一九四五年六月二十八日乙酉五月十九日作

浣溪沙　一九五一年台南作

一树猩红艳艳姿。凤凰花发最高枝。惊心节序逝如斯。
中岁心情忧患后，南台风物夏初时。昨宵明月动乡思。

蝶恋花　一九五二年春台南作

倚竹谁怜衫袖薄。斗草寻春，芳事都闲却。莫问新来哀与乐。眼前何事容斟酌。

雨重风多花易落。有限年华，无据年时约。待屏相思归少作。背人划地思量着。

菩萨蛮 一九六七年哈佛作

西风何处添萧瑟。层楼影共孤云白。楼外碧天高。秋深客梦遥。

天涯人欲老。暝色新来早。独踏夕阳归。满街黄叶飞。

鹧鸪天 用友人韵 一九六七年哈佛作

寒入新霜夜夜华。艳添秋树作春花。眼前节物如相识，梦里乡关路正赊。

从去国，倍思家。归耕何地植桑麻。廿年我已飘零惯，如此生涯未有涯。

初　集

曲　稿

小　令

拨不断

故人疏。故园芜。秋来霜满门前路。处世危如捋虎须。谋生拙似安蛇足。不如归去。

寄生草

映危栏一片斜阳暮。绕长堤两行垂柳疏。看长江浩浩流难住。对青山点点愁无数。问征鸿字字归何处。俺则待满天涯踏遍少年游。向人间种棵相思树。

落梅风

寒灯烬，玉漏歇。点长空乱星残月。一天风送将冬至也。拥柴门半堆黄叶。

庆东原

笑王粲，嗤杜陵。登楼只解伤时命。空辜负良辰美景。空辜负花梢月影。空辜负扇底歌声。悔生前不作及时游，到死后听尽空山磬。

红绣鞋

项羽江东豪气，渊明篱下生涯。长空明月笑人痴。一个是沉酣春酒瓮，一个是自刎渡江时。想古今都似此。

叨叨令

说什么逍遥快乐神仙界。有几个能逃出贪嗔痴爱人生债。休只向功名事业争成败。盛似那秦皇汉武今何在。兀的不恨煞人也么哥，兀的不恨煞人也么哥，则不如化作一点轻尘飞向青天外。

水仙子

春来小院杏初花。雨过墙阴草努芽。看看绿满荼蘼架。叹光阴如过马。说兴亡燕入谁家。粉蝶争春蕊，游蜂闹午衙。子规声老尽年华。

朝天子

草鲜。柳妍。沿岸把东风占。一篙新绿碧于天。处处游春宴。几点飞花，一声归雁。到三秋落照边。草干。柳残。稳画出西风怨。

醉高歌

黄尘滚滚弥天。世事匆匆过眼。生离死别都经遍。剩灯下自把银燔细剪。

塞鸿秋

功名未理磻溪钓。求仙未起烧丹灶。清风未学苏门啸。扁舟未放潇湘棹。叹红尘总未消。问大梦谁先觉。但只见滚滚的轮蹄儿早碾破了长安道。

山坡羊　咏蝉

槐阴满砌。榆钱铺地。一声蝉下劳人泪。送春归。待秋回。五更霜重留无计。两岸芦花风乍起。嘶。犹未已。痴。谁似你。

折桂令

想人生恨最难消。柳为谁青，花为谁娇。九月寒蝉，三春杜宇，一梦南朝。算只有长江不老。到天涯依旧滔滔。世事徒劳。易水西风，白下寒潮。

清江引

连宵夜霜飞上瓦。高柳蝉都罢。蛩傍短墙吟，雨趁西风下。小庭前满阶黄叶洒。

套　数

〔般涉调〕耍孩儿　一九四三年癸未正月作

春光只许添惆怅。有好景也无心细赏。长堤辜负柳丝黄。但终朝把定壶觞。故家燕子归何处，巷口乌衣几夕阳。闲凝望。见了这春波潋滟，猛回头无限沧桑。

二煞　俺也曾誓雄心坚似铁，拂吴钩寒作芒。少年豪气凌云上。则道是壮怀不遂屠龙志，纵兴应耽文酒狂。却谁料皆空想。都只为连朝风恶，不画眉长。

一煞　见只见蜂蝶纷纷争嫩蕊，听只听杜宇声声啼断肠。春魂冉冉随风荡。今日个是踏青士女如云聚，明日个我立马西风数雁行。事事堪惆怅。说什么吹箫击筑，酒侣高阳。

尾声　这红尘岂乐乡。人生原是谎。悔当初不把相思葬。空余着这一缕愁根也随着人年岁儿长。

〔大石调〕六国朝

听楼头叫残归雁，看阶前老尽黄花。憔悴本来真，繁华都是假。浑不闻深夜雨滴檐牙。但只见清朝霜铺万瓦。更加着满地的西风禾黍，一池的秋水蒹葭。绕树乱鸦飞，遍山黄叶洒。

归塞北 天欲暮，处处起悲笳。人世几回伤往事，茅屋一角染明霞。荒径似陶家。

幺篇 柴门外，车马任喧哗。学剑我原输项羽，驻颜何处有丹砂。事事镜中花。

雁过南楼煞 这日月是窗前过马。梦犹赊更鼓三挝。算人生一任教天公耍。我和你非呆即傻。从今后莫嗟呀。随便他蛮触纷纷几时罢。

〔正宫〕端正好　二十初度自述

才见海棠开，又早榴花绽。春和夏取次推迁。一轮白日无人挽。消磨尽千古英雄汉。

滚绣球 想人生能几年。天和寿一任天。尚兀自多求多恋。便做个追日死夸父谁怜。也不痴。也不颠。争信这人生是幻。长日的有梦无眠。怕的是此身未死心先死，一事无成两鬓斑。有几个是情愿心甘。

倘秀才 十九年把世情谙遍。回首处沧桑无限。悔则悔全无个纵酒高歌忆少年。忒平淡。忒辛酸。把韶华都做了寻常过遣。

叨叨令 我愿只愿慈亲此日依然健。我愿只愿天涯老父能相见。我愿只愿风霜不改朱颜面。我愿只愿家家户户皆欢忭。

试问这愿忒赊些也么哥，试问这愿忒赊些也么哥，不然时可怎生件件皆虚幻。

尾煞 这底是人生何事由人算。可知我已过今年更几年。常言道无情岁月增中减。怎说道花有重开月再圆。昨日个是长堤杨柳摇金线。今日个是柳老青荷取次圆。明日个柳枯荷败光阴变。天边吹起南飞雁。北风吹雪下平原。那时节才把天地真吾现。似这般尘世何堪恋。身后生前。一例茫然。且趁着泪尚未干。鬓尚未斑。好把这离合悲欢快交点。

〔仙吕〕点绛唇

春老花残。酒阑人散。似这些都休怨。你不见那满空的落叶翩翩。早则是韶光变。

混江龙 西风无限。人生多少恨难言。漫赢得头上乌丝成白发，空悬着腰间宝剑长青斑。秋老怕题红叶字，春深懒看绿杨烟。到头来一声长叹。年华是东流不返。世事如皓月难圆。

寄生草 空将这愁绪托残简。相思写断笺。晚秋天。倚危楼数尽南来雁。早春时，把同心结在垂杨线。粉墙边。有泪痕洒上桃花片。纵教那人间万象尽虚空，则我但有这情心一点终留恋。

上马娇煞 盏盏酒，仰头干。一回沉醉一颓然。壮怀消尽当初愿。欲待问青天。空赢得泪如泉。

〔仙吕〕赏花时　春游

岸草初生剪剪齐。乳燕学飞故故低。波初涨，柳初稊。远山乍翠，青似女儿眉。

幺篇　十里夭桃着锦衣。一阵东风荡酒旗。何处杜鹃啼。向离人耳底。频道不如归。

赚煞　这壁厢柳争妍，那壁厢花呈媚。一处处蜂娇蝶喜。似此韶光讵可违。泛轻舟游遍前溪。杖青藜踏遍长堤。醉惹杨花满袖归。说什么流觞曲水，兰亭修禊。且将这一杯残酒奠向板桥西。

〔中吕〕粉蝶儿　一九四四年秋作于北平沦陷区中

酒病禁持。自秋来更无情思。噪西风怕听那断续蝉嘶。空阶下，短篱旁，豆花凝紫。这一番惆怅芳时。更不减送春归绿阴青子。

醉春风　憔悴又经年，劳生空一指。想人间万事总参差。世情薄似纸。纸。冬夏炎凉，春秋冷暖，数年来早悟彻了风禅诠次。

红绣鞋　掩柴门静如萧寺。剔银灯细写秋辞。说什么佳花好月少年时。可知那月圆无几日。花落剩空枝。自古来有情人多半是怀恨死。

十二月　长相思写不上蛮笺一纸。别离愁浑难系垂柳千丝。则被这金风劲撺断得秋莲香减，云雾重耽搁了鸿雁来迟。

这的是天心若此。更说甚人意难知。

尧民歌 谁承望稼轩豪气草堂诗。便这些生事家人我已久不支。况值着连年烽火乱离时。那里讨烂醉金尊酒一卮。嗟也波咨。清狂浑似痴。落拓成何事。

耍孩儿 常拚着一年兰芷思公子。谁晓得直恁的河清难俟。经几度寒林衰草日斜时。则那行吟泽畔的心事谁知。论情怀，我对着三更灯火倒似有千秋意。论事业，则怕是只赢得一榻空花两鬓丝。他年事，畅好是茫茫未卜，枉嗟叹些逝者如斯。

一煞 则被那东风挑菜天，秋宵听雨时。两般儿销减尽英雄志。试问您那读书学剑终何用，到头来断梗飘蓬也只得任所之。天时人事何堪恃。好光阴断送与乌飞兔走，短生涯销磨在帽影鞭丝。

尾声 才过了清明端午繁华日。又早近重九人间落叶时。看严霜一夜生阶次。欲无愁，则除是去访那得道深山的赤松子。

〔越调〕**斗鹌鹑** 一九四八年旅居南京亲友时有书来问以近况谱此寄之

高柳蝉嘶，新荷艳逞。苔印横阶，槐阴满庭。光阴是兔走乌飞，生涯似飘蓬断梗。未清明辞别了燕京。过端阳羁留在秣陵。哪里也塞北风沙，早则是江南梦醒。

紫花儿序 一般凄冷。淮水波明。蓟树云凝。风尘南北，哀乐零星。人生。说法向何方觉有情。把往事从头记省。恰便似梦去难留，花落无声。

小桃红　有多少故人书至尚关情。惭愧我生计无佳胜。休猜做口脂眉黛打扮得时妆靓。镇常是把门扃。听隔墙叫卖枇杷杏。赋长闲寂寞营生。新水土阴晴多病。哪里取踏青拾翠的旧心情。

秃厮儿　更休问江南美景。谁曾见王气金陵。空余下劫后长堤杨柳青。对落照，逞娉婷。轻盈。

圣药王　争败赢。论废兴。可叹那六朝风物尽飘零。更谁把玉树新词唱后庭。胭脂冷旧井。剩年年钟山云黯旧英灵。更夜夜月明潮打石头城。

麻郎儿　说什么秦淮酒醒。画舫箫声。但只见尘污不整。破败凋零。

幺篇　近新来更有人把银元业营。遍街头一片价音响丁丁。寻不见白石陂陶公故垒，空余下朱雀桥花草虚名。

东原乐　这壁厢高楼耸，那壁厢园菜青。错落高低恰正好相辉映。小巷内雨过泥泞不可行。好教人厮侯倖。休想做听流莺在柳堤花径。

绵搭絮　俺也曾游访过禅林灵谷，拜谒了总理园陵。斜阳有恨，山色无情。白云霭霭，烟树冥冥。大古来人世凄凉少四星。山寺钟鸣蔓草青。更休赋饮恨吞声。向哪里护风云寻旧灵。

幺篇　乌衣巷曲折狭隘，夫子庙杂乱喧腾。故家何处，燕子飘零。霎时荣辱，且夕阴晴。当日个六代繁华震耳名。都成了梦幻南柯转眼醒。现而今腐草无萤。休讥笑陈后主后庭花，可知道下场头须自省。

拙鲁速 我家住在绒庄街，巷口有小桥横。点着盏洋油灯。强说是夜窗明。这几日黄梅雨晴。衣履上新霉绿生。清晓醒来时也没有卖花声。则听见刷啦啦马桶齐鸣。近黄昏有卖江米酒的用小碗儿分盛。炙糕担在门前将人立等。我买油酱则转过左边到南捕厅。

尾声 索居寂寞无佳兴。休笑这言词儿芜杂不整。说什么花开时三春觅句柳丝长，可知我月明中一枕思乡梦魂冷。

〔南仙吕入双调〕步步娇 九日未得与登高之会
次卢冀野先生韵 一九四八年十月

篱豆花开秋容老，风日重阳好。雁飞残暑消。翠黛迎人，胭脂点蓼。相劝客登高。怯单寒我不耐风吹帽。

江儿水 闭户销白日，填词自解嘲。锁梧桐一角闲庭小。叫长空三五征鸿少。掩寒窗几叶芭蕉好。负佳节非关性矫。多病停杯，争敢比杜陵潦倒。

清江引 一挥彩毫成赋早，只我无诗料。索和感春风，俚句惭清诏。待明朝亲呈冀师求印可。

〔**双调**〕**新水令**　怀故乡——北平　一九五三年台湾作

故都北望海天遥。有夜夜梦魂飞绕。稷园花坞暖，太液柳丝娇。玉蛛金鳌。念何日能重到。

驻马听　想古城春暖冰消，红杏朱藤着雨娇。秋高日好。青天碧瓦倩谁描。中南三海玉阑桥。东西如砥长安道。旧游情未了。向天涯谱一曲怀乡调。

得胜令　说什么莼羹鲈鲙季鹰豪。登楼作赋仲宣劳。故里人情厚，华年美梦娇。逍遥。昆明湖上春波棹。苗条。后海堤边杨柳腰。

乔牌令　到今日相思魂梦遥。往事云烟渺。想人情同于怀土休相笑。我则待理残笺将风光仔细描。

甜水令　常记得春来时，积雪初消。垂杨绿软，杏花红小。梨白海棠娇。出城郊西直大道。踏青游草妒春袍。

折桂令　常记得夏来时，日初长布谷声高。庭槐荫满，榆荚钱飘。火绽榴花，翠擎荷盖，果熟樱桃。什刹海鲜尝菱角。五龙亭嬉试兰桡。最好是月到中宵。风过林梢。看多少叶影田田，舟影摇摇。

锦上花　常记得秋来时，剪烛吟诗助相思纱窗雨哨。登楼望远畅胸襟四野风飘。赤枣子点缀着闲庭情调。黄花儿逞现着篱下风标。凉宵萤火稀，永夜银河悄。香山枫叶艳，北海老荷凋。写不尽气爽天高。古城秋好。鸳瓦上白露凝霜，雁影边纤云弄巧。

碧玉箫 常记得冬来时,瑞雪飘飘。白满门前道。寒夜萧萧。风号万木梢。喜围炉共看红煤爆。半空儿手内剥。晴明日,看碧天外鸢影风摇。冰场上刀光寒照。爱古城玉琢银装,好一幅庄严貌。

鸳鸯煞 常记得故乡当日风光好。怎甘心故乡人向他乡老。思量起往事如潮。念故人阻隔着万水千山,望天涯空嗟叹信乖音渺。说什么南浦畔春波碧草。但记得离别日泪痕多,须信我还乡时归去早。

二　集

诗　稿

异国　一九六九年秋

异国霜红又满枝，飘零今更甚年时。

初心已负原难白，独木危倾强自支。

忍吏为家甘受辱，寄人非故剩堪悲。

行前一卜言真验，留向天涯哭水湄^{（注）}。

注：来加拿大之前，有台湾友人为戏卜流年，卜词有"时地未明时，佳
　　人水边哭"之言，初未之信，而抵加后之处境竟与之巧合，故末二
　　句云云。

鹏飞　一九七〇年春

鹏飞谁与话云程，失所今悲匍地行。

北海南溟俱往事，一枝聊此托余生。

父殁　一九七一年春

老父天涯殁，余生海外悬。

更无根可托，空有泪如泉。

昆弟今虽在，乡书远莫传。

植碑芳草碧，何日是归年。

庭前烟树为雪所压持竿击去树上积雪以救折枝口占绝句二首

一竿击碎万琼瑶，色相何当似此消。

便觉禅机来树底，任它拂面雪霜飘。

年时嘉荫岂能忘，为救折枝斗雪霜。

滕六傥存悲悯意，好留余干莫凋伤。

梦中得句杂用义山诗足成绝句三首

其一

换朱成碧余芳尽，变海为田夙愿休。

总把春山扫眉黛，雨中寥落月中愁^{（注一）}。

其二

波远难通望海潮，朱红空护守宫娇。

伶伦吹裂孤生竹，埋骨成灰恨未销^{（注二）}。

其三

一春梦雨常飘瓦，万古贞魂倚暮霞。

昨夜西池凉露满^{（注三）}，独陪明月看荷花。

注一："春山"句，见义山诗《代赠二首》；"雨中"句，见《端居》。

注二："伶伦"句，见义山诗《钧天》；"埋骨"句，见《和韩录事送宫人
　　　入道》，原句为"埋骨成灰恨未休"，因押韵故，易"休"为"销"。
注三："一春"句，见义山诗《重过圣女祠》；"万古"句，见《青陵台》；
　　　"昨夜"句，见《昨夜》。

感事二首

长绳难系天边日，堪笑葵花作计痴。
拼向朱明开烂漫，掉头羲御竟何之。

抱柱尾生缘守信，碎琴俞氏感知音。
古今似此无多子，天下凭谁付此心。

发留过长剪而短之又病其零乱不整因梳为髻或见而讶之戏赋此诗

前日如尾长，昨日如云乱。
今日髻高梳，三日三改变。
游戏在人间，装束如演戏。
岂意相识人，见我多惊叹。
本真在一心，外此皆虚玩。
佛相三十二，一一无非幻。
若向幻中寻，相逢徒觌面。

欧游纪事八律作于途中火车上 一九七一年

其一

匆匆七日小居停，东道殷勤感盛情。
尼院为家林荫广，王朝如梦寺基平^(注一)。
举杯频劝葡萄酿，把卷深谈阮步兵。
我是穷途劳倦客，偶从游旅慰浮生。

其二

繁华容易逐春空，今古东西本自同。
路易斯王前狩苑，拿破仑帝旧雄风。
惟瞻殿饰余金碧，剩见喷泉弄彩虹。
欲问丰功向何处，一尊雕像夕阳中^(注二)。

其三

何期四世聚天涯，高会梅林感复嗟。
廿载师生情未改，七旬父执鬓微华。
相逢各话前尘远，离别还悲后会赊。
赠我新诗怀往事，故都察院旧儿家^(注三)。

其四

稚梦难寻四十年，相逢海外亦奇缘。
因聆旧话思童侣，更味乡厨忆古燕。

往事真如春水逝，客身同是异邦悬。

沧桑多少言难尽，会见孙儿到膝前^{（注四）}。

其五

论绘谈诗博奥殚，驱车终日看山峦。

雨中湖水迷千里，地底钟岩幻百观。

生事羡君书卷里，村居示我画图间。

主人款客多风雅，一曲鸣琴着意弹^{（注五）}。

其六

颓垣如血自殷红，罗马王城落照中。

一片奔车尘漠漠，数行断柱影憧憧。

千年古史殷谁鉴，百世文明变未穷。

处处钟声僧院老，耶稣十架竟何功^{（注六）}。

其七

偶来庞贝故城墟，里巷依稀残烬余。

几矗断楹前代寺，半椽空宇昔人居。

惊看体骨都成石，纵有瓶罍储亦虚。

一霎劫灾人世改，徒令千载客唏嘘^{（注七）}。

其八

行行欧旅近终途，瑞士湖山入画图。

蓝梦波光经雨后，绿森峦霭弄晴初^{（注八）}。

早知客寄非长策，归去何方有故庐。

独上游船泛烟水，坐看鸥影起菰蒲。

注一：旅游巴黎寓居侯思孟（Donald Holzman）教授之所，其地原为法王路易第九诞生之古堡，后改建为教堂，旁为修女院。今教堂已夷为平地，遍植果木，修女院则分别为人所赁居，侯氏所居即为旧日修女院之一部。

注二：凡尔赛宫。

注三：在巴黎蒙台湾大学及淡江学院诸校友邀宴于中国餐馆梅林，座中得遇父执盛成老伯。四十年前盛老伯曾寓居于故都察院胡同嘉莹旧家之南舍，时嘉莹不过垂髫之龄耳，而座中之罗钟皖女士，于二十年前从我受业时亦不过一垂髫女童而已，今日相见则已结婚有女数岁矣。盛老伯即席赠我五言律诗一首。缅怀旧事，感慨何似。

注四：在德国博洪（Bochum）寓居张禄泽女士之处，偶话旧事，始悉我在北平笃志小学读书时，有高我三班之高文灵学长曾对我爱护备至者，盖张女士之同级学友也。张女士善烹调，两日来得饱尝故都口味。其女于去岁结婚，不日将有弄孙之喜矣。

注五：在博洪张女士处得遇霍福民（Alfred Hoffmann）教授，曾驱车载我同游博洪附近之钟乳石岩洞及科隆之艺术馆等地。临行前一晚并为我奏欧洲古琴一曲，风雅好客，盛情可感。

注六：罗马。

注七：庞贝。

秋日绝句六首　一九七一年秋

樊城景物四时妍[注一]，又到枫红九月天。

一夕西风寒雨过，起看白雪满山巅。

一年两度好花开，狗木俗名遍地栽[注二]。

曾共春樱争艳冶，更先黄菊报秋来。

隔邻嘉树不知名，朱实匀圆结子成。

好鸟时来啄复落，闲阶点缀自多情。

烟树初红菊正黄，小庭花木竞秋妆。

风霜见惯浑闲事，垂老安家到异方。

谁家芦苇两三枝，摇曳门前别样姿。

记得陶然亭畔路，秋光不似故园时。

几番霖雨到秋深，落叶飘黄已满林。

试上层楼望萧瑟，海天辽阔见高岑。

注一：李祁教授诗称温哥华为樊城，爱其古雅，因沿用之。

注二：狗木为dogwood之意译。

春日绝句四首　一九七二年春

几日晴和雪便销，已知花信定非遥。
樊城地气应偏暖，历尽严冬草未凋。

似洗岚光到眼明，偶从广海眺新晴。
微风不动平波远，时听鸥鸣一两声。

满街桃李绽红霞，百卉迎春竞作花。
冰雪劫余生意在，喜看烟树茁新芽。

似雪繁花又满枝，故园春好正堪思。
斜晖凝恨他乡老，愁诵当年韦相词。

许诗英先生挽诗^{（注）}

海风萧瑟海气昏，海上客居断客魂，
日日高楼看落照，山南山北白云屯。
故国音书渺天末，平生师友烟波隔，
忽惊噩耗信难真，报道中宵梁木坏。
先生心疾遽不起，叔重绝学今长已，
白日犹曾上讲堂，一夕悲风黯桃李。
我识先生在古燕，卅年往事去如烟，
当时丫角不更事，辱贲家居近讲筵。

先生怜才偏不弃，每向人前多奖异，
微幸题名入上庠，揄扬深愧先生意。
世变悠悠几翻覆，沧海生桑陵变谷，
成家育女到海隅，碌碌衣食早废读。
何期重得见先生，却话前尘百感并，
万劫蟫痴空恋字，三春花落总无成。
旧居犹记城西宅，书声曾动南邻客，
小时了了未必佳，老大伤悲空叹息。
先生不忍任飘蓬，便尔招邀入辟雍，
有惭南郭滥竽吹，勉同诸子共雕虫。
十五年来陪杖履，深仰先生德业美，
目疾讲著未少休，爱士推贤人莫比。
鲤庭家学有心传，浙水宗风一脉延，
遍植兰花开九畹，及门何止士三千。
问字车来踵相接，记得当年堂上别，
谓言后会定非遥，便即归来重展谒。
浮家去国已三秋，天外云山只聚愁，
我本欲归归未得，乡心空付水东流。
年前老父天涯殁，兰死桐枯根断折，
更从海上哭先生，故都残梦凭谁说。
欲觅童真不可寻，死生亲故负恩深，
未能执绋悲何极，更忆乡关感不禁。
前日寄书问身后，闻有诸生陪阿母，

人言师弟父子如，况是先生德爱厚。

小雪节催马帐寒，朔风隔海亦悲酸，

梦魂便欲还乡去，肠断关山行路难。

壬子冬月廿七日于加拿大之温哥华

注：许诗英先生为许寿裳先生之公子，曾在台湾各大学教授文字声韵学
等课。

祖国行长歌

此诗为一九七四年第一次返国探亲旅游时之所作。当时曾由旅行
社安排赴各地参观，见闻所及，皆令人兴奋不已。及今思之，其所介
绍，虽不免因当时政治背景而或有不尽真实之处，但就本人而言，则诗
中所写皆为当日自己之真情实感。近有友人拟将此诗重新发表，时代既
已改变，因特作此简短之说明如上。

卅年离家几万里，思乡情在无时已，

一朝天外赋归来，眼流涕泪心狂喜。

银翼穿云认旧京，遥看灯火动乡情，

长街多少经游地，此日重回白发生。

家人乍见啼还笑，相对苍颜忆年少，

登车牵拥邀还家，指点都城夸新貌。

天安门外广场开，诸馆新建高崔嵬，

道旁遍植绿荫树，无复当日飞黄埃。

西单西去吾家在，门巷依稀犹未改，

空悲岁月逝骎骎，半世蓬飘向江海。

入门坐我旧时床，骨肉重聚灯烛光，
莫疑此景还如梦，今夕真知返故乡。

夜深细把前尘忆，回首当年泪沾臆，
犹记慈亲弃养时，是岁我年方十七，
长弟十五幼九龄，老父成都断消息，
鹡鸰失恃紧相依，八载艰难陷强敌，
所赖伯父伯母慈，抚我三人各成立。

一经远嫁赋离分，故园从此隔音尘，
天翻地覆歌慷慨，重睹家人感倍亲。

两弟夫妻四教师，侄男侄女多英姿，
喜见吾家佳子弟，辉光仿佛生庭墀。

大侄劳动称模范，二侄先进增生产，
阿权侄女曾下乡，各具豪情笑生脸。

小雪最幼甫七龄，入学今为红小兵，
双垂辫发灯前立，一领红巾入眼明。

所悲老父天涯殁，未得还乡享此儿孙乐，
更悲伯父伯母未见我归来，逝者难回空泪落。

床头犹是旧西窗，记得儿时明月光，
客子光阴弹指过，飘零身世九回肠。

家人问我别来事，话到艰辛自酸鼻，
忆昔婚后甫经年，夫婿突遭囹圄系。

台海当年兴狱烈，覆盆多少冤难雪，

可怜独泣向深宵，怀中幼女才三月。

苦心独力强支撑，阅尽炎凉世上情，
三载夫还虽命在，刑余幽愤总难平。

我侬教学谋升斗，终日焦唇复瘏口，
强笑谁知忍泪悲，纵博虚名亦何有。

岁月惊心十五秋，难言心事苦羁留，
偶因异国书来聘，便尔移家海外浮。

自欣视野从今展，祖国书刊恣意览，
欣见中华果自强，辟地开天功不浅。

试寄家书有报章，难禁游子喜如狂，
萦心卅载还乡梦，此际终能凤愿偿。

归来故里多亲友，探望殷勤情意厚，
美味争调饫远人，更伴恣游共携手。

陶然亭畔泛轻舟，昆明湖上柳条柔，
公园北海故宫景色俱无恙，更有美术馆中工农作品足风流。

郊区厂屋如栉比，处处新猷风景异，
蔽野葱茏黍稷多，公社良田美无际。

长城高处接浮云，定陵墓殿郁轮囷，
千年帝制兴亡史，从此人民做主人。

几日游观浑忘倦，乘车更至昔阳县，
争说红旗天下传，耳闻何似如今见。

车站初逢宋立英，布衣草笠笑相迎，
风霜满面心如火，劳动人民具典型。

昔日荒村穷大寨，七沟八梁惟石块，
经时不雨雨成灾，饥馑流亡年复代。

一从解放喜翻身，永贵英雄出姓陈，
老少同心夺胜利，始知成败本由人〔注一〕。

三冬苦战狼窝掌，凿石锄冰拓田广，
百折难回志竟成，虎头山畔歌声响〔注二〕。

于今瘠土变良畴，岁岁增粮大有秋，
运送频闻缆车疾，渡漕新建到山头。

山间更复植蔬果，桃李初熟红颗颗，
幼儿园内笑声多，个个颜如花绽朵。

革命须将路线分，不因今富忘前贫，
只今教育沟中地，留与青年忆苦辛。

我行所恨程期急，片羽观光足珍惜，
万千访客岂徒来，定有精神蒙洗涤。

重返京城暑渐消，凉风起处觉秋高，
家人小聚终须别，游子空悲去路遥。

长弟多病最伤离，临行不忍送登机，
叮咛惟把归期问，相慰归期定有期。

握别亲朋屡执手，已去都门更回首，
凭窗下望好山河，时见梯田在陵阜。

飞行一霎抵延安，旧居初仰凤凰山，
土窑筹策艰难日，想见成功不等闲。

南泥湾内群峦碧，战士当年辟荆棘，

拓成陕北好江南，弥望秋田不知极^{（注三）}。

白首英雄刘宝斋，锄荒往事话蒿莱，

遍山榛莽无人迹，畦径全凭手自开^{（注四）}。

丛林为幕地为床，一把镢头一杆枪，

自向山旁凿窑洞，自割藤草自编筐。

日日劳动仍学习，桦皮为纸炭为笔，

寒冬将至苦无衣，更剪羊毛学纺织。

所欣秋获已登场，土豆南瓜野菜香，

生产当年能自给，再耕来岁有余粮。

更生自力精神伟，三五九旅声名美，

从来忧患可兴邦，不忘学习继前轨。

平畴展绿到关中，城市西安有古风，

周秦前汉隋唐地，未改河山气象雄。

遗址来瞻半坡馆，两水之间临灞浐，

石陶留器六千年，缅想先民文化远^{（注五）}。

骊山故事说明皇，昔日温泉属帝王，

咫尺荣枯悲杜老，终看鼙鼓动渔阳^{（注六）}。

宫殿华清今更丽，辟建都为疗养地，

忆从事变起风云，山间犹有危亭记。

仓促行程不可留，复经上海下杭州，

凌晨一瞥春申市，黄浦江边忆旧游。

跑马前厅改医院，行乞街头不复见，

列强租界早收回，工厂如林皆自建。

市民处处做晨操，可见更新觉悟高，
改尽奢靡当日习，百年国耻一时消。
沪杭线上车行速，风景江南看不足，
采莲人在画图中，菜花黄嫩桑麻绿。
从来西子擅佳名，初睹湖山意已倾，
两岸山鬟如染黛，一奁烟水弄阴晴。
快意波心乘小艇，更坐山亭瀹芳茗，
灵鹫飞来仰翠峰，花港观鱼爱红影。
匆匆一日小登临，动我寻山幽兴深，
行程一夕忙排定，便去杭州赴桂林。
桂林群山拔地起，怪石奇岩世无比，
游神方在碧虚间，盘旋忽入骊宫底。
滴乳千年幻百观，瑶台琼树舞龙鸾，
此中浑忘人间世，出洞方惊日影残。
挂席明朝向阳朔，百里舟行真足乐，
漓江一水曳柔蓝，两岸青山削碧玉。
捕鱼滩上设鱼梁，种竹江干翠影长，
艺果山间垂柿柚，此乡生计好风光。
尽日游观难尽兴，无奈斜阳已西暝，
题诗珍重约重来，祝取斯盟终必证。
归途小住五羊城，破晓来参烈士陵，
更访农民讲习所，燎原难忘火星星。
流花越秀花如绮，海珠桥下珠江水，

可惜游子难久留，辜负名城岭南美。

去国仍随九万风，客身依旧似飘蓬，

所欣长夜艰辛后，终睹东方旭影红。

祖国新生廿五年，比似儿童甫及肩，

已看头角峥嵘出，更祝前程稳着鞭。

腐儒自误而今愧，渐觉新来观点异，

兹游更使见闻开，从此痴愚发聋聩。

早经忧患久飘零，糊口天涯百愧生，

雕虫文字真何用，聊赋长歌纪此行。

注一：陈永贵幼年曾以讨饭为生，七岁即开始为地主扛小长工。

一九四五年大寨解放，次年春组织互助组。当时一般富裕中农由
于自私心理不愿与贫农合作，遂自组为好汉组。陈氏则领导十户
贫农，组成老少组，其中除陈氏一人为壮年劳动力外，其他九户
多为五十岁以上之老汉或十二岁至十六岁之少年，故名为老少组，
与好汉组展开竞赛。好汉组虽在农具、牲畜、土地、劳动力各方
面均占优势，然终以各怀私心，工作落后。至于老少组，则虽在
物质工具方面有所不足，然而却终以齐心合作、思想正确，不仅
战胜好汉组，且能于本组工作完成后，更发挥互助精神以余力协
助好汉组共同耕作。是年秋收后，老少组亩产平均达一百六十九
斤，较单干户多产六十斤以上，较好汉组亦多产四十斤以上。此
一事实足可说明思想正确、集体合作，在促进农业发展方面之重
要性。

注二：大寨原为一贫苦之山村，共有七条山沟，皆遍布沙石，绝无耕地，

至于八道山梁，则虽有部分耕地，然而皆零星散乱，悬布于一面山坡之上，且皆为跑水、跑土、跑肥之三跑田，或旱或雨，皆可成灾。新中国成立后，首战白驼沟，凿石垒坝，于十八天内筑成二十四条石坝，造出五亩沟地。其后又曾先后治理后底沟、念草沟、小北峪沟、麻黄沟等，开出大片人造田。一九五五年乃决定向该地最大最长之狼窝掌沟进军。此沟长三里有余，宽逾四丈，山高坡陡，每逢雨季，山洪暴发，水势极大。是年冬，大寨社员经三个月之努力，终于筑成三十八条石坝，造出二十余亩人造田。然而于次年雨季来临时，竟不幸全部冲毁。其年冬季，又重新治理此沟；次年雨季，不幸又毁。于是遂有人灰心失望，以为此沟决不可治。然而经过社员热烈争辩讨论后，终于对此一斗争产生必胜之信心，又结合前二次失败之经验，从中取得教训，将石坝改筑为拱形，减少水流直接冲击之压力，遂于是年冬再筑成三十八道拱形大坝，终以人力战胜自然，迄今仍巍然屹立于风雨之中。虎头山为当地山名。

注三：南泥湾在延安东南，为众山环抱中之一片盆地。一九四〇年，延安遭受经济封锁，当时由旅长王震所率领之三五九旅部队，遂受令召回，保卫延安，并从事开荒垦地，自力更生。当时全旅共一万三千人，在南泥湾开出荒地二十六万亩之多，有"陕北江南"之称。

注四：刘宝斋原为三五九旅第七一九团副连长，曾亲自参加开荒工作，诗中所记皆其口述之实况。

注五：半坡在西安郊外浐水、渭水之间。一九五三年在此地修路，发现人骨及陶器。次年由中科院考古研究所加以有系统之发掘整理。

一九五八年开放为博物馆。全址共约十五万平方米，已发掘者约一万平方米，分为制陶区、墓葬区及居住区三区。据研究判断，此地当为距今五千五百年至六千年间之原始氏族公社遗址，所发掘之各种陶器、石器、骨器等，另辟专馆陈列，保管良好，解说详明。

注六：杜甫《自京赴奉先县咏怀》诗，于描述其途经骊山时，曾写有"朱门酒肉臭，路有冻死骨。荣枯咫尺异，惆怅难再述"之句，表现出当时帝王贵族歌舞宴乐，人民饥寒冻馁之强烈对比，终致安禄山变起渔阳。白居易《长恨歌》一诗，亦有"渔阳鼙鼓动地来，惊破霓裳羽衣曲"之句。

一九七六年三月廿四日长女言言与婿永廷以车祸同时罹难日日哭之陆续成诗十首

噩耗惊心午夜闻，呼天肠断信难真。
何期小别才三日，竟尔人天两地分。

惨事前知恨未能，从来休咎最难明。
只今一事余深悔，未使相随到费城。

哭母髫年满战尘，哭爷剩作转蓬身。
谁知百劫余生日，更哭明珠掌上珍。

万盼千期一旦空，殷勤抚养付飘风。

回思襁褓怀中日，二十七年一梦中。

早经忧患偏怜女，垂老欣看婿似儿。
何意人天劫变起，狂风吹折并头枝。

结缡犹未经三载，忍见双飞比翼亡。
检点嫁衣随火葬，阿娘空有泪千行。

重泉不返儿魂远，百悔难偿母恨深。
多少劬劳无可说，一朝长往负初心。

历劫还家泪满衣，春光依旧事全非。
门前又见樱花发，可信吾儿竟不归。

平生几度有颜开，风雨逼人一世来。
迟暮天公仍罚我，不令欢笑但余哀。

从来天壤有深悲，满腹酸辛说向谁。
痛哭吾儿躬自悼，一生劳瘁竟何为。

天壤

逝尽韶华不可寻，空余天壤蕴悲深。

投炉铁铸终生错，食蓼虫悲一世心。

萧艾欺兰偏共命，鸱鸮贪鼠吓鹓禽。

回头三十年间事，肠断哀弦感不禁。

大庆油田行　一九七七年

　　今年四月底，回国探亲，正值全国工业学大庆代表在京开会。每见报章所载有关大庆之报导，不免心怀向往，因要求一至大庆参观。其后于六月中得偿此愿，在大庆共留三日，曾先后参观铁人纪念馆、女子钻井队、女子采油队、创业庄、缝补厂、萨尔图仓库、喇嘛甸联合站、大庆化工厂及铁人学校等地，对大庆艰苦创业之精神，深怀感动，因写为长歌一首以纪其事。惟是在大庆之所见闻，皆为古典诗中所未曾前有之事物，作者虽有意为融新入古之尝试，然而力不从心，固未能表达大庆之精神及个人之感动于十百分之一也。

松花江北嫩江东，草原如海迷苍穹，

空有宝藏蕴万古，老大中华危且穷。

强邻昔日相侵略，国土如瓜任人割，

专政军阀只自肥，弃民弃地同毫末。

一从日月换新天，江山重绘画图妍，

奋发八亿人民力，共辟神州启富源。

当时誓把油田建，海北天南来会战，

荒原冰雪聚雄师，朔风凛冽红旗艳。

总为国贫创业艰，吊车不足运输难，

全凭两手双肩力，共举钻机重似山。

井架巍巍向天起，急欲开钻难觅水，

以盆端取递相传，终送钻头入地底，

屹立钻台队长谁？玉门油工王进喜。

临危抢险气凌云，博得英名号铁人，

钻杆伤腿不离井，身拌泥浆压井喷。

革命雄怀拚性命^{（注一）}，草原果见原油进，

国庆十年肇此田，遂锡嘉名名大庆。

从兹祖国展新猷，一洗贫油往日羞，

工业有油方起步，油工血汗足千秋。

学习两论将家起，何惧黑风同恶诋，

眼明心亮志弥坚，战斗精神拚到底。

屡蒙总理最关心，三度亲曾大庆临，

指示城乡相结合，工农齐进是南针^{（注二）}。

我来一十八年后，喜讯欣传除四丑，

抓纲治国共争先，大庆标杆工业首。

油田广阔望无边，大道平直欲接天，

远景遥空红日美，采油树共彩霞妍。

铁人虽逝英风在，虎榜名多夸后辈^{（注三）}，

巾帼不肯让须眉，采油钻井同豪迈。

上井能将刹把扶，行文下笔扫千夫，

打靶更看频命中，女郎似此古今无。

不需粉黛同罗绮，铝盔一顶英姿美，

时写新诗谱作歌，豪情伴取歌声起^{（注四）}。

油工眷属亦多强，众口争夸薛桂芳，
铁锹五把开荒地，建起今朝创业庄。

庄内居民近千户，遍地农田兼菜圃，
长街饼熟正飘香，幼儿园内方歌舞，
昔年盐碱一荒滩，此日真成安乐土^{（注五）}。

不因安乐忘贫穷，勤俭长留大庆风，
废物回收能利用，旧衣拆洗更重缝，
半丝寸缕皆珍惜，一针一扣无轻弃。

布条弹出更生棉，碎革拼为皮护膝，
设厂牛棚历苦辛，此日欣看多业绩^{（注六）}。

后勤前线紧相连，仓库原为供应源，
每项料材过万件，管材容易点材难。

自是工人多智慧，攻坚克难全无畏，
五五规格创制新，四号明标分定位。

大方套小方，大五套小五，
或状似梅花，或形如圆柱，
一目了然记在心，管库人成活账簿^{（注七）}。

岗位专司各练兵，四严三老记分明，
联合站内增生产，日日输油入上京^{（注八）}。

油龙天矫奔飞急，茫茫平野真无极，
忽看伟筑入云高，大化烟囱林海立。

处处车间轧轧音，来观真似入山阴，
所惭我不知科学，落笔难描感自深。

今富昔贫成对比，筑屋难忘干打垒，

苦干精神代代传，铁人办学留功伟。

幼苗当日手亲栽，课室犹存旧土台，

接棒有人基业永，校名千古仰崔嵬。

吁嗟乎创业艰辛业竟成，飞鹏从此展云程，

中华举国兴工业，大庆红旗是典型。

注一：铁人当日曾有"宁可少活二十年，拼命也要拿下大油田"之雄怀
　　　壮语。黑龙江人民出版社印有《为革命艰苦奋斗一辈子》一书，
　　　署名王进喜，全以铁人自己之口气，叙述大庆创业之经过，热诚
　　　真挚，感人至深。

注二：周总理曾三度至大庆视察，指示要把大庆建设为"工农结合，城
　　　乡结合，有利生产，方便生活"的社会主义新型矿区。

注三：大庆之英雄人物，可谓指不胜屈。其尤著者，如：学习铁人的带
　　　头人屈清华、钢铁钻工吴全清、继承铁人精神的好队长高金颖、
　　　硬骨头石油战士王武臣、采油铁姑娘徐淑英、一心为公的好干部
　　　李景荣、烈火炼红心的好青年蒋成龙、发扬五把铁锹精神的带头
　　　人李长荣等，每人都各有其感人之事迹，诗中未及备叙。

注四：女子钻井队及采油队之队员，不仅每人皆能任钻井采油之工作，
　　　而且皆为射击水平优秀之基干民兵，其所写之新诗，亦复大有可
　　　观。更经常于晚间演出自己创作之新节目，平均每二周有新歌
　　　一首。

注五：创业庄之中心村，现有耕地三千五百亩，除发展种菜、养猪、养
　　　鸡及畜牧等副业外，对居民之各种生活福利亦极为重视，村内设

有卫生所、红医站及中小学与托儿所等共十所以上。街面开设有各种店铺，作者曾在当地书店购买新出版之《鲁迅日记》二册，并曾在当地糕饼店中尝试新出炉之各种糕点。

注六：大庆自铁人当年组织回收队以来，一直保持"勤俭节约、修旧利废"之精神。缝补厂开始时以二牛棚为厂房，以喂牛槽为洗衣盆，现在有厂房五所、机器设备一百五十余台。十余年来为国家节约金钱，在数百万元人民币以上。

注七："五五"为仓库保管材料之规格，以每五件为一单位，其排列之形状或如梅花形，或为圆柱形；"四号"指库号、架号、层号、座号，据此以定物品之位置，条理分明，绝无混乱。仓库中每一管理员对于自己所负责之各项材料，莫不了如指掌，有蒙古族少女名齐莉莉者可以用布巾紧蒙双目，径至架上取得各项指定之材料，并说明其品类、价值、现存数量等各项数据，屡试不误，有"活账本"之称。盖以大庆接近中苏边界，故平日加强管理训练以备非常也。

注八："四严"指对待革命工作要有严格的要求、严密的组织、严肃的态度、严明的纪律；"三老"指对待革命事业要当老实人，说老实话，办老实事。联合站共分：原油外输、油田注水、原油脱水、污水处理、天然气脱水、外输计量、变电所锅炉、化验室及自动仪表等十个生产单元。仅此一联合站每日原油外输即有一万五千吨之多，可经秦皇岛输送至北京。

旅游开封纪事一首　一九七七年夏

录呈当地书法家武慕姚、庞白虹、张本逊、韩伟业诸先生吟正。

游子还旧邦，行程过古汴。

魏宋渺千年，人间市朝变。

览物阅沧桑，登临浑忘倦。

驱车向龙亭，遗址宋宫殿。

国弱终南迁，繁华如梦幻。

空有石狮存，方墩土中陷。

更瞻铁塔高，玲珑入霄汉。

琉璃佛像砖，曾遭敌寇弹。

兵火劫灰余，今日皆完缮。

父老为客言，此城旧多难。

人祸与天灾，旱涝兼争战。

河道高于城，水决城中灌。

居民不聊生，黄沙扑人面。

自从解放来，百废俱兴建。

新设工厂多，品类千余件。

试种水稻田，计亩七八万。

古迹得保存，文化亦璀璨。

名刹相国寺，展览未曾断。

我来值盛会，书法集群彦。

邂逅赠墨宝，疾书便伏案。

落纸舞龙蛇，烟云生浩汗。

八旬矍铄翁，隶体尤精擅。

铁画与银钩，意气何遒健。

诵我长歌行，谬蒙多赏赞。

更欲索新诗，愧无珠玉献。

吟此俚句呈，聊以博一粲。

西安纪游绝句十二首 一九七七年夏

诗中见惯古长安，万里来游鄠杜间。

弥望川原似相识，千年国土锦江山^{（注一）}。

天涯常感少陵诗，北斗京华有梦思。

今日我来真自喜，还乡值此中兴时^{（注二）}。

灞水桥边杨柳存，阳关旧曲断离魂。

于今四海同声气，早是春风过玉门^{（注三）}。

兴庆湖中泛碧波，沉香亭畔牡丹多。

人民自建名园好，帝子兴亡付梦婆^{（注四）}。

已扫群魔净恶氛，放怀堂上论诗文。

话到南山与秋色，高风想见杜司勋^{（注五）}。

直登古塔上慈恩，千载题名几姓存。

汉祖唐宗俱往事，凭栏指点乐游原^{〔注六〕}。

江山彩笔倩谁描，李杜文章世已遥。

喜见农民图画美，风流人物在今朝。

春锄一幅兴沉酣，作者贫农李凤兰。

欲问翻身今昔事，绘来家史付君看^{〔注七〕}。

一中韦曲近樊川，工厂农田校舍边。

小坐堂前听讲课，教师用古有新诠^{〔注八〕}。

陕北歌传金匾名，新词三叠表深情。

百身难赎斯人殁，一曲台边掩泪听^{〔注九〕}。

辽鹤归来客子身，半生飘转似微尘。

却经此地偏多恋，古县人情分外亲^{〔注十〕}。

难驻游程似箭催，每于别后首重回。

好题诗句留盟证，更约他年我再来。

注一：在西安旅游期间，曾至户县（即古之鄠县）参观农民画，并至长
　　　安县参观韦曲一中，故诗中有"鄠杜间"及"古长安"之语。深
　　　感透过悠久之历史，对祖国之情感乃更觉深厚，故云"千年国

土"也。

注二：作者过去在国外曾讲授杜甫诗，每讲至其《秋兴八首》之"每依北斗望京华"一句时，则不胜哀感，以为重归祖国不知当在何日。今兹乃不仅能归国探亲，且能至各地游览参观，其欣喜自可想见。"中兴时"指正当粉碎"四人帮"不久之后。"中"字读第四声。

注三：昔王维《渭城曲》有"客舍青青柳色新"及"西出阳关无故人"之句，王之涣《出塞曲》亦有"羌笛何须怨杨柳，春风不度玉门关"之句，阳关及玉门皆古关塞名，其地当在今日甘肃省之敦煌附近。灞桥为古来折柳送别之地。参观时车过灞水桥上，两岸仍有垂柳无数；然而古所谓阳关、玉门之地，则自一九四九年以来，在工业、农业及交通各方面，皆有极大之发展及建设，早已无复往古之边远荒凉矣。

注四：兴庆公园修建于一九五八年，动员人工十七万，用一百二十天修建完成。公园为唐代兴庆宫故址，所建人工湖有一百五十亩之广。作者与家人来此泛舟时，正值假日，湖面游船无数，岸上有沉香亭及花萼相辉楼等建筑，虽仍沿用唐代宫殿旧名，以纪念并保留古代史迹，然而，实皆为人民共同赏乐游憩之地，与封建时代成古今强烈之对比。"梦婆"之故事，见于宋赵令畤之《侯鲭录》，盖喻言富贵之不久长，犹如梦幻也。

注五：参观西北大学时，得晤古典文学教授傅庚生先生，承示以《痛悼周恩来总理》七律二首，有"二竖膏肓难达药，四凶毒焰竟销金。群魔未斩身先逝，长使人民泪满襟"之句，故首句云然。又承允在课室旁听，当日傅教授讲评杜牧诗《长安秋望》一首，有"南山与秋色，气势两相高"之句，傅教授以为杜牧刚直有气节，其诗之风骨远在元微之、白乐天之上，与之深有同感。然杜牧诗亦有旖旎香艳并无深意者，当分别观之。杜牧曾任司勋员外郎，故人又称之为杜司勋。

注六：慈恩寺建于唐太宗贞观二十二年，时高宗李治为太子，为报其母文德皇后为之祈福而建，故名慈恩。塔则建于高宗继位后之永徽三年，为沙门玄奘所立。据云玄奘赴印度取经时，曾在印度见一石塔，下座为雁形。此塔拟仿之而未果，然人仍以雁塔称之，唐时进士及第后往往来此题名，故有雁塔题名之语。登塔远望，可遥见汉唐诸陵，及乐游原之土阜。封建时代之帝王将相，固早已长逝不返，惟土地与人民存国家于万世耳。

注七：参观户县农民画时，曾与当地之农民女画家李凤兰相谈甚久。据云当地作画风气之兴起，盖始于一九五八年"大跃进"之时，当日图绘壁画及宣传画甚多，迄今将近二十年之久，总结共同之经验体会，曾编有韵语四句云："学习讲话方向明（按：所指为延安文艺座谈会之讲话），勤于实践下苦工。不靠天才和灵感，红心彩笔绘工农。"近来自打倒"四人帮"后，群众情绪昂扬，曾陆续绘出新画三百余套之多。李凤兰出身贫农，现为西韩大队党支部副书记，又担任妇女务棉组长，工作虽忙，而坚持作画，有佳作多幅，其中《春锄》一幅笔致鲜活，尤为出色。大队美术组之画室墙壁上，张贴有新中国成立前各贫农苦难之家史连续画多套，观览之下，感人至深。

注八：参观韦曲一中时，教育处长罗国良先生曾为作者介绍学校概况。据云此校开办于一九四一年，为全县仅有之初中，学生大约二百余人，全为有钱人家之子弟。自新中国成立后不断发展，一九五三年已扩建为一所完全之中学。现有二十二个教学班，员工八十二人，学生一千一百多人，图书五万三千余册，物理、化学及生物三实验室共有仪器三十余件。此外校办工厂有六个车间，可以制造饲料打浆机、脱粒机、压面机及维修小型农械。又有校办小农场三十四亩，种植小麦、玉米等作物，并培育优良品种，以加强学生学习及实践之经验。"四人帮"时代学校教学曾一度受到干扰，然而目前已建立起必要之规章制度，务期能培养出又红又专之青年人才，为建设贡献出力量。作者当日除参观图书馆、实验室、工厂及农场外，并曾旁听高中二年级某班之语文教学，教师所讲授者，为选自袁枚《子不语》中，题为"豁达先生"之一篇讲义，叙述一女鬼欲以一迷、二遮、三吓之手段，迫害豁达先生，然而终被豁达先生所制服之故事。教师之讲解深入浅出，借古喻今，极为生动。小女言慧以为此一节课为归国以来所参观之各级学校教学中之最为成功者，可惜当时参观匆促，未及询问教师之姓名，然由其教学之成功，亦可见无论教材之为古为今、为正为反，只要有深入之了解及正确之批判，则无不可为吾人所选用者，"四人帮"时代之教条限制，不过自暴其知识之浅薄及野心之邪恶而已。

注九:《绣金匾》为旧日陕北民歌，曾受"四人帮"严重迫害之女歌唱家郭兰英，于打倒"四人帮"之后，在演唱此一旧曲时曾增添三节自作之歌词，其最后一节对总理之歌唱，声调尤为激越，每唱至此，歌者、伴奏者及听众，回忆总理为国家人民鞠躬尽瘁之辛劳，及"四人帮"对总理之迫害，多不免同时潸然落泪。在西安曾两度聆听此曲，无论为何地何人之演唱，仍往往能使人感动泣下。

注十："辽鹤"句用丁令威之故事，相传丁令威离家学道多年，其后曾化鹤归来，不胜今昔之感，事见《搜神后记》，作者亦曾去国多年，故首句云然。在国外之交往，多属表面酬应，极难有真正思想情意之沟通，因此对西安及附近各县朴质亲切之中国人情，不免深为感动。"微尘"句，用陶渊明诗"人生无根蒂，飘如陌上尘"之句。

返加后两月，接武慕姚先生惠寄手书拙著长歌，并辱题诗，赋此奉和 一九七七年十月

双绝诗书好，开缄意自倾。

天涯感知赏，长忆汴梁城。

附 武慕姚先生原作

别后诗重把，衔杯屡自倾。

读君珠玉句，花雨满春城。

向晚二首　一九七八年春

近日颇有归国之想，傍晚于林中散步，成此二绝。

向晚幽林独自寻，枝头落日隐余金。

渐看飞鸟归巢尽，谁与安排去住心。

花飞早识春难驻，梦破从无迹可寻。

漫向天涯悲老大，余生何处惜余阴。

再吟二绝（注）

却话当年感不禁，曾悲万马一时喑。

如今齐向春郊骋，我亦深怀并辔心。

海外空能怀故国，人间何处有知音。

他年若遂还乡愿，骥老犹存万里心。

注：写成前二诗后不久，偶接国内友人来信，提及今日教育界之情势大好，读之极感振奋，因用前二诗韵吟此二绝。

绝句三首　一九七九年春

五年三度赋还乡，依旧归来喜欲狂。

榆叶梅红杨柳绿，今番好是值春光。

古城认取旧游痕，花下徘徊感客魂。
风雨流年三十载，树犹如此我何言。

登临重上翠微巅，一塔遥天认玉泉。
都是儿时旧游地，人间不返是华年。

喜得重谒周祖谟师

绝学赖传尊宿老，佳篇人共仰诗翁。
我是门前旧桃李，当年曾喜沐春风。

卅年桑海人间变，欣见灵光鲁殿存。
顾我荒疏真自愧，几时更许立程门。

游圆明园绝句四首

惆怅前朝迹已荒，空余石柱立残阳。
百年几辈英雄出，力挽东流变海桑。

莫向昆池问劫灰，眼前华屋剩丘莱。
暮云飞鸟空堂址，可有游魂化鹤来。

九州清晏想升平，高观遗基号远瀛。
不为苍生谋社稷，寿山福海总虚名。

新知旧雨伴游踪^{（注一）}，吊古三来废苑中^{（注二）}。

斜日朝晖明月下，一般乡国此情浓。

注一：新知旧雨谓国内之陈贻焮、史树青二位教授，及北美之梁恩佐、
　　　刘元珠二位教授。

注二：第一次是与陈贻焮、袁行霈、费振刚同游，第二次是与史树青等
　　　多位国家历史博物馆工作人员同游，第三次是与刘元珠、梁恩佐
　　　夜游圆明园。

观剧　一九七九年

欲遣巫阳赋大招，冤魂不返恨难销。

纸钱台上飞扬处，如见空中血泪飘。

赠友人赵瑞蕻、陈得芝先生绝句三首　一九七九年

未曾觌面已书来，高谊佳文眼顿开。

青草池塘夸谢句，轩辕妙解释灵台。

石城小聚太匆匆，后约相期雁荡中。

已去犹蒙珍籍赠，开缄感愧满深衷。

我耽词曲君研史，共仰学人王静安。

鱼藻轩前留恨水，斯人斯世总堪叹。

赠故都师友绝句十二首

八旬夫子喜身强，一曲弹词兴最长。

更咏当年神武句，高风追想大师黄。

（陆颖明师）

亲摹墨影丁都赛，更赠佳联太白诗。

博学同门精考古，曾传四海姓名知。

（史树青学长）

同辈多才数二阎，高歌未见鬓华添。

手书律句新诗好，两美欣看此日兼。

（阎振益、阎贵森二学长）

从来传法似传薪，作育良师赖有人。

卅载前尘如昨日，先鞭君早出群伦。

（郭预衡学长）

回首光阴似水东，饮酣犹有气如虹。

当筵一曲秋声赋，潇洒情怀想醉翁。

（曹桓武学长）

归来一事有深悲，重谒吾师此愿违。

手迹珍藏蒙割赠，中郎有女胜须眉。

（顾之惠学姊、顾之京学妹）

曲中折柳故园情，喜听歌喉似旧清。
更谱新声翻水调，相思千里月华明。

（房凤敏学姊）

戏传谬誉增吾愧，谁有捷才似子多。
记得芸窗朝夕共，陈侯消息近如何。

（程忠海学姊）

几回风雨忆联床，卅载思君天一方。
纵改鬓华心未改，平生知己此情长。

（刘在昭学姊）

左家娇女本书痴，江海归来鬓有丝。
此日故人重聚首，共惊疏放异前时。

读书曾值乱离年，学写新词比兴先。
历尽艰辛愁句在，老来思咏中兴篇。

构厦多材岂待论，谁知散木有乡根。
书生报国成何计，难忘诗骚李杜魂。

天津纪事绝句二十四首　一九七九年

津沽劫后总堪怜，客子初来三月天。
喜见枝头春已到，颓垣缺处好花妍。

狂尘微浥雨初晴，偶向长街信步行。
却误大沽成大鼓，乡音乍听未分明。

欲把高标拟古松，几经冰雪与霜风。
平生不改坚贞意，步履犹强未是翁。

话到当年语有神，未名结社忆前尘。
白头不尽沧桑感，台海云天想故人。

（以上二首赠李霁野先生）

余勇犹存世屡更，江山百代育豪英。
笑谈六十年前事，五四旗边一小兵。

（赠朱维之先生）

襟怀伉爽本无俦，为我安排百事周。
还向稗官寻治乱，雄风台上话曹刘。

（赠鲁德才先生）

绝代风华中晚唐，义山长吉细平章。

月明珠泪南山雨，解会诗心此意长。

（赠郝世峰先生）

风谣乐府源流远，兰芷骚辞比兴深。

赠我一言消客感，神州处处有知音。

（赠杨成福先生）

一从相见便推诚，多感南开诸友生。

更喜座中闻快语，新交都有故人情。

（赠宁宗一先生）

两篇词说蒙亲录，一对石章为我雕。

铁画银钩无倦赏，高情难报海天遥。

相逢喜有同门谊，相别还蒙赠好诗。

十二短章无限意，俳谐妙语铸新词。

（以上二首赠王双启先生）

便面黑如点漆浓，新词朱笔隶书工。

赠投不肯留名姓，惟向襟前惠好风。

（赠王千女士）

课后匆匆乍见时，故人相对认还迟。

称名顿忆当年貌，忽觉光阴去若驰。

（赠陈继挨学长）

斜日楼头酒一觞，故人邀宴意偏长。

佳筵已散情难尽，乐事追怀话晚凉。

芸窗当日俱年少，垂老相逢鬓已皤。

记得同舟游太液，前尘回首卅年过。

（以上二首记与同班诸学长之聚会）

园名水上人如鲫，春到同来赏物华。

最喜相看如旧识，珍丛开遍刺梅花。

（记水上公园之游）

盘山地是古无终，抗敌传闻野寺中。

记得陶诗田子泰，果然乡里有雄风。

虎踞山头乱石蹲，潺湲一水静中喧。

忽兴碍路当年恨，商隐诗篇细讨论。

（以上二首记盘山之游）

蓟城门额古渔阳，惆怅开天事可伤。

犹有唐时明月在，宵深谁与话兴亡。

（记蓟县之游）

白昼谈诗夜讲词，诸生与我共成痴。
临歧一课浑难罢，直到深宵夜角吹。

题诗好订他年约，赠画长留此日情。
感激一堂三百士，共挥汗雨送将行。

（以上二首记讲课之事与送别之会）

当时观画频嗟赏，如见骚魂起汨罗。
博得丹青今日赠，此中情事感人多。

我观君画神为夺，君诵吾词赏亦颠。
一面未逢心已识，论交真觉有奇缘。

（以上二首记南开大学以范曾先生所绘屈原图像相赠之事）

后约丁宁写壮辞，送行录赠小川诗。
共留祝愿前程远，珍重天涯两地思。

（记临行前二位女同学录诗相赠之事）

成都纪游绝句九首　旅途口占

一世最耽工部句，今朝真到锦江滨。
两字少城才入耳，便思当日百花春。

早岁爱诗如有癖，老游山水兴偏狂。
平生心愿今朝足，来向成都谒草堂。

想象缘江当日路，只今宾馆即青郊。
欲知杜老经行处，结伴来寻万里桥。

少陵曾与鸥鹭约，一日须来一百回。
若使诗人今尚在，此身愿化鸥鹭来。

接天初睹大江流，何幸余年有壮游。
此去为贪三峡美，不辞终日立船头。

不见江心滟滪堆，不闻天外暮猿哀。
忽然惆怅还成喜，无复风波惧往来。

舟入夔门思杜老，独吟秋兴对江风。
巫山不改青青色，屹立诗魂万古雄。

早年观画惟求美，不喜图中有电杆。

今见电杆绝壁上，江山翻觉美千般。

空蒙青翠有还无，十二遥峰态万殊。

指点当前雄坝起，会看高峡出平湖。

五律三章奉酬周汝昌先生

周汝昌先生以新著《恭王府考》见赠。府为昔日在辅仁大学读书时旧游之地，周君来函索诗，因赋五律三章奉酬。

飘泊吾将老，天涯久寂寥。

诵君新著好，令我客魂销。

展卷追尘迹，披图认石桥。

昔游真似梦，历历复迢迢。

长忆读书处，朱门旧邸存。

天香题小院，多福榜高轩。

慷慨歌燕市，沦亡有泪痕。

平生哀乐事，今日与谁论。

四十年前地，嬉游遍曲栏。

春看花万朵，诗咏竹千竿。

所考如堪信，斯园即大观。

红楼竟亲历，百感益无端。

雾中有作七绝二首　一九八一年

连日沉阴郁不开，天涯木落亦堪哀。
我生久惯凄凉路，一任茫茫海雾来。

高处登临我所耽，海天愁入雾中涵。
云端定有晴晖在，望断遥空一抹蓝。

一九八一年春自温哥华乘机赴草堂参加杜诗学会机上口占

平生佳句总相亲，杜老诗篇动鬼神。
作别天涯花万树，归来为看草堂春。

赋呈缪彦威前辈教授　一九八一年四月成都作

早岁曾耽绝妙文，心仪自此慕斯人。
何期瀛海归来日，得沐春风锦水滨。
卅载沧桑人纵老，千年兰芷意常亲。
新辞旧句皆珠玉，惠我都成一世珍。

归加拿大后寄缪彦威教授　一九八一年五月温哥华作

稼轩空仰渊明菊，子美徒尊宋玉师。

千古萧条悲异代，几人知赏得同时。

纵然飘泊今将老，但得瞻依总未迟。

为有风人仪范在，天涯此后足怀思。

附　缪彦威教授赠诗二章

相逢倾盖许知音^{〔注一〕}，谈艺清斋意万寻。

锦里草堂朝圣日，京华北斗望乡心^{〔注二〕}。

词方漱玉多英气，志慕班昭托素襟。

一曲骊歌芳草远，凄凉天际又轻阴。

岂是蓬山有凤因，神交卅载遽相亲。

园中嘉卉忘归日，海上沧波思远人。

敢比南丰期正字^{〔注三〕}，何须后世待扬云^{〔注四〕}。

莫伤流水韶华逝，善保高情日日新。

注一：叶君谓少时即喜读余所著《诗词散论》，见解多相合者。

注二：一九七九年（编按：此次探亲及作诗均在一九七七年，见《西安
纪游绝句十二首》及注。此处疑为作者误记。），叶君回祖国探亲，
旅游西安，赋诗云："天涯常感少陵诗，北斗京华有梦思。今日我
来真自喜，还乡值此中兴时。"

注三：谓陈后山。

注四：借用文韵字通押。

赠俞平伯教授　一九八一年

白发犹能写妙词，曲园家学仰名师。

人间小劫沧桑变，喜见风仪似旧时。

律诗一首

　　一九八一年五月下旬，自加拿大西岸之温哥华飞赴东岸之哈利法克斯（Halifax）参加亚洲学会年会，会后至佩基湾（Peggy's Cove）观海，有怀乡国，感赋一律。

久惯飞航作远游，海西头到海东头。

云程寂历常如雁，尘梦飘摇等似沤。

谁遣生涯成旅寄，未甘心事剩槎浮。

竭来地角怀乡国，愁对风涛感不休。

员峤　奉答缪彦威教授《古意》诗　一九八一年七月

员峤神蚕七寸身，风霜万古闷阳春。

灵光一接惊眠起，尽吐冰丝化彩云。

附　缪彦威教授原作　古意

冰蚕长七寸，生于员峤山。

结茧霜雪下，弱质凌风寒。

织成五彩锦，水火不能干。

事出《拾遗记》，其语颇荒谬^{（注）}。

吾独爱其义，取名书室焉。

奇情寄壮采，抗节期贞坚。

有客赏我趣，恻然鸣心弦。

贻我绝妙辞，美如金琅玕。

灵均求佚女，乘龙翔九天。

陈思赋洛神，绵邈区中缘。

岂若赠诗者，悟赏在世间。

远海通微波，呼吸生芳兰。

古人不足慕，托想徒空言。

吾愿保真契，试写《古意》篇。

注：王嘉《拾遗记》云："员峤山……有冰蚕，长七寸，黑色，有角有鳞，以霜雪覆之，然后作茧，长一尺，其色五彩，织为文锦，入水不濡，以之投火，经宿不燎。"

为加拿大邮政罢工作 一九八一年七月

自叹天涯老，无从解客怀。

每伤知己别，唯冀远书来。

锦鲤沉何处，青禽使竟乖。

只应明月下，长是立空阶。

答谢北京大学陈贻焮教授赠我《沁园春》词

新词赠我沁园春[注]，感激相知意气亲。

更咏南行绝句好，同游真拟伴诗人。

注：陈贻焮教授曾作《沁园春》一首相赠。《己未夏，加拿大不列颠哥
伦比亚大学教授叶嘉莹女士来北京大学中文系，为诸生授靖节、少
陵、玉谿诗，课毕将出游巴蜀三峡，诸公饯诸中关村，余末座称觞，
作〈沁园春〉以赠》："新雨初来，读了清词，又赏奇文。想柴桑韵
致，少陵肝胆，樊南翰藻，漱玉丰神。暗自思量，岂曾相识，一见
缘何似故人？敢不是，皆心仪骚雅，笔砚栖身。　美君健翮凌云，
饱览那风花四海春。今高踪登眺，燕台紫塞，吟鞭指向，巫峡荆门。
乍唱骊歌，重斟蚁酒，满座为君饮一巡。君此去，望京华旭日，远
照征尘。"

赠陈贻焮教授及其公子蓟庄绝句二首　一九八二年

心如赤子笔凌云，结友平生几似君。

但愿常为镜春客，茗茶相对论诗文。

结蕊为珠展似梅，天然玉质胜琼瑰。

郎君自有传神手，摄取花魂月下来。

为内侄孙女诗诗作

内侄孙女小字诗诗，天性聪慧，甫周岁，余弟嘉谋授以唐人绝句，辄能成咏。因为小诗以美之。

劫后家风喜未更，共夸雏凤有清声。

周龄诵得唐人句，无愧诗诗是小名。

昆明旅游绝句十二首　一九八二年

滇南胜地说春城，北国游人意早倾。

能洗征尘三万斛，翠湖堤畔碧波明。

（翠湖）

山川自有钟灵意，斧凿能夺造化工。

下瞰烟波五百里，危崖石刻有雄风。

（龙门）

鹏飞九万高风远，水击三千绝世姿。

曾读蒙庄劳想象，几疑滇海即天池。

（滇池）

炼石曾传竟补天，衔枝亦信海能填。

如何留此千年憾，断却魁星笔不全。

（魁星像）

太华山头缥缈楼，云烟都向望中收。

层檐一角斜阳晚，红绽茶花古寺幽。

（缥缈楼）

早岁曾耽聂耳歌，卅年事往逐流波。

名山留得才人墓，游子低回感自多。

（聂耳墓）

钟声已自何年歇，远岭空留夕照迟。

惆怅华亭山下路，幽林阒寂起相思。

（华亭寺钟）

禅心莫漫夸无住，留塑空山亦有情。

五百佛尊穷世相，分明众苦见苍生。

（筇竹寺罗汉）

老干曾经历冰雪，虬枝真似走龙蛇。

开天往事凭谁说，犹向东风自发花。

（黑龙潭唐梅）

眼底茫茫烟水宽，披襟高处独凭栏。

长联一百八十字，足配名楼号大观。

（大观楼长联）

人生何短世何长，太古茫茫接大荒。

海水纵枯石未烂，两间留此证沧桑。

（石林）

黉舍犹存旧讲台，致公堂内忆风雷。

诗人爱国将身殉，诗魄如花带血开。

（云大致公堂，闻一多遇害前曾在此讲演）

山泉　一九八二年五月成都作

涓涓幽谷泻泉清，一路相随伴我行。

细听潺湲千百转，世间无物比深情。

旅游有怀诗圣赋五律六章

垂老归乡国，逢春作远游。

因耽工部句，来觅兖州楼。

平野真无际，白云自古浮。

千年诗兴在，瞻望意迟留。

（过兖州）

曾叹儒冠误，当年杜少陵。

致君空有愿，尧舜竟无凭。

毁誉从翻覆，诗书几废兴。

今朝过曲阜，百感自填膺。

（游曲阜）

髫年吟望岳，久仰岱宗高。
策杖攀千级，乘风上九霄。
众山供远目，万壑听松涛。
绝顶怀诗圣，登临未惮劳。

（登泰山）

历下名亭古，佳联世共传。
因兹怀杜老，到此诵诗篇。
海右多名士，人间重后贤。
词中辛李在，灵秀郁山川。

（游济南）

锦里经年别，天涯忆念频。
重来心自喜，又见草堂春。
笼竹看弥翠，鹃花开正新。
盍簪溪畔宅，盛会仰诗人。

（参加成都草堂纪念杜甫大会）

巩洛中州地，诗人故里存。
千年窑洞古，三架土峰尊。

东泗余流水，南瑶有旧村。

山川一何幸，孕此少陵魂。

（游巩县杜甫故居）

缪彦威前辈教授以手书汪容甫赠黄仲则诗见贻赋此为谢　　一九八二年十月

黄金不铸鄙荣名，容甫孤怀托友生。

感激应知黄仲则，沉忧一样满离情。

高枝　　一九八三年八月成都作

高枝珍重护芳菲，未信当时作计非。

忍待千年盼终发，忽惊万点竟飘飞。

所期石炼天能补，但使珠圆月岂亏。

祝取重番花事好，故园春梦总依依。

樊城秋晚风雨中喜见早梅　　一九八三年十月

天涯木落正凄然，况值寒风冻雨天。

忽见嫣红三四点，喜他梅蕊报春先。

春归有作　　一九八四年六月成都作

月圆月缺寻常事，无改清晖万古同。

来岁花枝应更好，不因春去怨匆匆。

河桥二首寄梅子台湾　一九八四年

经年海外一相逢，聚散匆匆似梦中。
重上河桥良久立，天南天北暮霞红。

漫言投老有心期，又向天涯赋别离。
依旧河桥新月上，与谁同赏复同归。

秋晚怀故国友人　一九八五年

秋晚伤离索，霜枫染叶酡。
经时音信阻，连夜月明多。
夙约怀知己，流光感逝波。
所期重聚首，休待鬓全皤。

为茶花作　一九八五年

记得花开好，曾经斗雪霜。
坚贞原自诩，剪伐定堪伤。
雨夕风晨里，苔阶石径旁。
未甘憔悴尽，一朵尚留芳。

秋花

芳根早分委泥尘，风雨何曾识好春。
谁遣朱蕤向秋发，花开只为惜花人。

寄怀梅子台湾

余近岁常于暑期返乡，而梅子久居台湾，通信常多避忌，不能尽
言，梅子来书因有别久路歧之叹，赋此解之。

杨柳青时又一年，思君经岁隔云天。
乡情欲写偏难说，把笔临笺意惘然。

南溟北海虽相隔，未必离居便路歧。
千里同晖今夜月，夙心不易有前期。

初夏绝句　咏栀子花　一九八五年五月成都作

海燕归栖画阁前，人间小别又经年。
满园栀子花开遍，珍重清和五月天。

咏荷花　一九八五年八月

菡萏多情故国开，离人今日又天涯。
新秋几夜风兼露，可有寒香入梦来。

挽夏承焘先生二绝　一九八六年

词林大业忆彊村，开继宗风一代尊。

西子湖边留教泽，永嘉山水与招魂。

先生高弟吾知友[注]，每话师恩感旧深。

一夕大星沉不起，沧波隔海最伤心。

注：友人潘琦君女士亦为永嘉人，曾从先生受学，现为台湾著名散文家，
　　写有怀念夏先生之文字多篇。

陈省身先生七十五岁寿宴中作　一九八六年十月

百年已过四之三，仁者无忧岁月宽。

待祝期颐他日寿，会当把酒更联欢。

谢友人赠菊

　　一九八六年秋在南开任教，蒙吴大任校长及陈鹗夫人惠赠盆菊，
因思陶诗"秋菊有佳色"之句，赋诗为谢。

白云难寄怀高士，驿使能传忆岭梅。

千古雅人相赠意，喜看佳色伴秋来。

论词绝句五十首

风诗雅乐久沉冥，六代歌谣亦寝声。

里巷胡夷新曲出，遂教词体擅嘉名。

唐人留写在敦煌，想象当年做道场。
怪底佛经杂艳曲，溯源应许到齐梁。

曾题名字号诗余，叠唱声辞体自殊。
谁谱新歌长短句，南朝乐府肇胎初。

（以上三首论词之起源）

何必牵攀拟楚骚，总缘物美觉情高。
玉楼明月怀人句，无限相思此意遥。

绣阁朝晖掩映金，当春懒起一沉吟。
弄妆仔细匀眉黛，千古佳人寂寞心。

金缕翠翘娇旖旎，藕丝秋色韵参差。
人天绝色凭谁识，离合神光写妙辞。

（以上三首论温庭筠词）

水堂西面相逢处，去岁今朝离别时。
个里有人呼欲出，淡妆帘卷见清姿。

谁家陌上堪相许，从嫁甘拚一世休。

终古挚情能似此，楚骚九死谊相伴。

深情曲处偏能直，解会斯言赏最真。
吟到洛阳春好句，斜晖凝恨忆何人。

（以上三首论韦庄词）

缠绵伊郁写微辞，日日花前病酒厄。
多少闲愁抛不得，阳春一集耐人思。

金荃秾丽浣花清，淡扫严妆各擅名。
难比正中堂庑大，静安于此识豪英。

罢相当年向抚州，仕途得失底须忧。
若从词史论勋业，功在江西一派流。

（以上三首论冯延巳词）

丁香细结引愁长，光景流连自可伤。
纵使花间饶绮旎，也应风发属南唐。

凋残翠叶意如何，愁见西风起绿波。
便有美人迟暮感，胜人少许不须多。

（以上二首论李璟词）

悲欢一例付歌吟，乐既沉酣痛亦深。

莫道后先风格异，真情无改是词心。

林花开谢总伤神，风雨无情葬好春。

悟到人生有长恨，血痕杂入泪痕新。

凭栏无限旧江山，叹息东流水不还。

小令能传家国恨，不教词境囿花间。

（以上三首论李煜词）

临川珠玉继阳春，更拓词中意境新。

思致融情传好句，不如怜取眼前人。

诗人何必命终穷，节物移人语自工。

细草愁烟花怯露，金风叶叶坠梧桐。

词风变处费人猜，疑想浇愁借酒杯。

一曲标题赠歌者，他乡迟暮有深哀。

（以上三首论晏殊词）

诗文一代仰宗师，偶写幽怀寄小词。

莫怪樽前咏风月，人生自是有情痴。

四时佳景都堪赏，清颍当年乐事多。

十阕新词采桑子，此中豪兴果如何。

西江词笔出南唐，同叔温馨永叔狂。

各有自家真面目，好将流别细参详。

（以上三首论欧阳修词）

休将俗俚薄屯田，能写悲秋兴象妍。

不减唐人高处在，潇潇暮雨洒江天。

斜阳高柳乱蝉嘶，古道长安怨可知。

受尽世人青白眼，只缘填有乐工词。

危楼伫倚一沉吟，草色烟光暮霭侵。

解识幽微深秀意，介存千古是知音。

行役驱驱可奈何，光阴冉冉任经过。

平生心事归销黯，谁诵当年煮海歌^{（注）}。

（以上四首论柳永词）

艳曲争传绝妙词，酒酣狂草付诸儿。

谁知小白长红事，曾向春风感不支。

人间风月本无常，事往繁华尽可伤。
一样纯情兼锐感，叔原何似李重光。

（以上二首论晏几道词）

揽辔登车慕范滂，神人姑射仰蒙庄。
小词余力开新境，千古豪苏擅胜场。

道是无情是有情，钱塘万里看潮生。
可知天海风涛曲，也杂人间怨断声。

捋青捣䴵俗偏好，曲港圆荷俪亦工。
莫道先生疏格律，行云流水见高风。

（以上三首论苏轼词）

花外斜晖柳外楼，宝帘闲挂小银钩。
正缘平淡人难及，一点词心属少游。

曾夸豪隽少年雄，匹马平羌仰令公。
何意一经迁谪后，深愁只解怨飞红。

茫茫迷雾失楼台，不见桃源亦可哀。
郴水郴山断肠句，万人难赎痛斯才。

（以上三首论秦观词）

顾曲周郎赋笔新，惯于勾勒见清真。
不矜感发矜思力，结北开南是此人。

当年转益亦多师，博大精工世所知。
更喜谋篇能拓境，传奇妙写入新词。

早年州里称疏隽，晚岁人看似木鸡。
多少元丰元祐慨，乌纱潮溅露端倪。

（以上三首论周邦彦词）

散关秋梦沈园春，词笔诗才各有神。
漫说苏秦能驿骑，放翁原具自家真。

渔歌菱唱何须止，绮语花间讵可轻。
怪底未能臻极致，正缘着眼欠分明。

（以上二首论陆游词）

少年突骑渡江来，老作词人事可哀。
万里倚天长剑在，欲飞还敛慨风雷。

曾夸苏柳与周秦，能造高峰各有人。
何意山东辛老子，更于峰顶拓途新。

幽情曾识陶彭泽，健笔还思太史公。
莫谓粗豪轻学步，从来画虎最难工。

（以上三首论辛弃疾词）

楼台七宝漫相讥，谁识觉翁寄兴微。
自有神思人莫及，幽云怪雨一腾飞。

断烟离绪事难寻，辽海蓝霞感亦深。
独上秋山看落照，残云剩水最伤心。

酸咸各嗜味原殊，南北分趋亦异途。
欲溯清真沾溉广，好从空实辨姜吴。

（以上三首论吴文英词）

纷纷毁誉知谁是，一代词传咏物篇。
欲向斯题论得失，须从诗赋溯源沿。

东坡而后更清真，流衍词中物态新。
白石清空人莫及，梦窗丽密亦能神。

赝心切理碧山词，乐府题留故国思。
阶陛能寻思笔在，介存千古足相知。

离离柳发掩柴门，犹有归来旧菊存。

多少世人轻诋处，遗民涕泪不堪论。

（以上四首论王沂孙及咏物词）

注：其后，撰写《论柳永词》文稿时因篇幅过长，将原诗的第三、四首
　　改写为一首如下：平生心事黯销磨，愁诵当年煮海歌。总被后人称
　　"腻柳"，岂知词境拓东坡？

《灵谿词说》书成，口占一绝　一九八八年五月

庄惠濠梁俞氏琴，人间难得是知音。

潺湲一脉灵谿水，要共词心证古今。

朱弦

天海风涛夜夜寒，梦魂常在玉阑干。

焦桐留得朱弦在，三拂犹能着意弹。

七绝三首　一九八九年台湾作

平生不喜言衰病，偶住山中为养疴。

几日疏风兼细雨，四围山色入烟萝。

小楼独坐耐高寒，雨态烟容尽可观。

尝遍浮生真意味，余年难得病中闲。

故人高谊邀山居，出有乘车食有鱼。

解识病中闲处好，小楼听雨亦清娱。

戒烟歌 应人邀稿作

能使肺心病，更令空气污。

如何万灵长，甘作纸烟奴。

立地能成佛，回车即坦途。

与君歌此曲，故我变新吾。

西北纪行诗十五首 写赠柯杨、林家英、牛龙菲诸先生 一九九二年

西行万里到兰州，自喜身腰老尚遒。

十日甘南复甘北，无边风物望中收。

主人才美爱风诗，曾上莲花采竹枝。

一睹乡情声画好，我来真悔四年迟。

喜晤金城咏絮才，佳编赠我胜琼瑰。

贝珠诗海凭君拾，丽句精思有鉴裁。

曾吟子美秦成作，南陇山川有梦思。

此日陇南来眼底，今诗人说古人诗。

皋兰山色晚来幽，好共风人结伴游。
指点三台阁上望，万灯如海认兰州。

平生悔不通音律，却遇才人解乐歌。
鼓笛笙箫亲指说，画图示我获良多。

西方贝叶有金经，妙法如轮转未停。
来访夏河梵寺古，夏初牧草未全青。

灵岩幽窟闷千春，暗室深藏不世珍。
满壁诸天飞动意，画工真有艺通神。

阳关故址早沉埋，三叠空传旧曲哀。
斜日平沙荒漠远，离歌谁劝酒盈杯。

曾传天马出流沙，艳说名池有渥洼。
千古南湖波水碧，我来特此驻游车。

远游喜得学人伴，细说骚经诸品兰。
更向沙山追落日，月牙泉畔试驼鞍。

时时钻越复攀援，细雨霏微上五泉。
无害形骸一脱略，任天而动有名言。

初惊入口似琼浆，摇漾杯中琥珀光。

爱此纯汁沙棘美，可能无句与传扬。

平生万里孤行久，种蕙滋兰愿岂违。

却喜暮年来陇上，更于此地见芳菲。

吟诗曾是问归期，许与重来未可知。

更唱南音当静夜，临歧那得不依依。

月牙泉口占寄梅子台湾　一九九二年

卅年情谊相知久，万里离分岁月多。

寄尔一丸沙漠月，怀人今夜意如何。

杨振宁教授七十华诞口占绝句四章为祝
一九九二年六月九日于天津南开大学

卅五年前仰大名，共称华胄出豪英。

过人智慧通天宇，妙理推知不守恒。

记得嘉宾过我来，年时相晤在南开。

曾无茗酒供谈兴，惟敬山楂果一杯。

谁言文理殊途异，才悟能明此意通。

惠我佳编时展读，博闻卓识见高风。

初度欣逢七十辰，华堂多士寿斯人。
我愧当筵无可奉，聊将短句祝长春。

贺缪彦威先生九旬初度　壬申冬日写于加拿大温哥华

当时锦水记相逢，蒙许知音倾盖中。
公赏端临比容甫，我惭无己慕南丰。
词探十载灵谿境，人颂三千绛帐功。
遥祝期颐今日寿，烟波万里意千重。

纪梦

峭壁千帆傍水涯，空堂阒寂见群葩。
不须浇灌偏能活，一朵仙人掌上花。

金晖

晚霞秋水碧天长，满眼金晖爱夕阳。
不向西风怨摇落，好花原有四时香。

端木留学长挽诗二首^(注)　一九九二年

天降才生世，翻令厄运遭。

一言能贾祸，百劫自难逃。

岁晚身初定，桑榆景尚遥。

如何偏罹疾，二竖不相饶。

记得津门站，相逢五载前。

行囊蒙提挈，风度远周旋。

检册时劳送，论诗善作诠。

重来人不见，惆怅惜兹贤。

注：端木学长才华过人，学养俱优，早年毕业于辅仁大学国文系，曾在辅仁中学任教。解放战争时，激于报国热忱，乃决志参加南下工作团。肃反运动时，偶因直言，遭到批评。一九五七年被划为"右派"，开除军籍，下放至煤矿劳动学习，备经艰苦，一九六三年劳教期满，返回天津后无人为之安排工作，遂学习为泥瓦工。"文革"后始得机会转入南开大学图书馆工作，一九八六年我由北京至天津南开讲学，有校友多人至天津站迎接。当众人相晤寒暄之际，独有端木学长一人忙于为我提携行李，而沉默少言。相识后我每至图书馆查书，多蒙其热心协助，且往往将我所需之书籍，亲送至专家楼。校友程宗明女士之女撰写论文时，端木学长虽已抱病，经医生诊断为脑瘤，但亦仍亲在图书馆中为之寻检资料。宗明女士每话及此事辄为之泪下。盖端木学长天性宽厚，乐于助人，凡属知者，对其逝世莫不深为悼惜。宗明女士嘱我为端木学长撰写悼诗，因成此五言二律。端木学长能诗，工书法，虽在困厄中不废读书。据其弟端木阳相告云，端木学长曾撰有《成语辞典》及《转注论》二

稿，惜皆已散佚不传，身后无闻。惟有南开校友安易女士曾根据其弟端木阳与我之谈话，写有纪念端木留先生之短文一篇，发表于一九九三年之《辅仁校友通讯》，题为《虚负凌云万丈才，一生襟抱未曾开》。此虽为古人之诗句，而实可为端木学长一生之写照。夫天之生才不易，何期天生之才乃竟为世之所厄如斯，可慨也夫。

绝句四首

一九九三年春美国加州万佛圣城邀讲陶诗，小住一周，偶占四绝。

大千劫刹几微尘，遇合从知有胜因。

圣地同参追往事，谓言一语破迷津^{〔注〕}。

陶潜诗借酒为名，绝世无亲慨六经。

却听梵音思礼乐，人天悲愿入苍冥。

妙音声鸟号迦陵，惭愧平生负此称。

偶住佛庐话陶令，但尊德法未依僧。

花开莲现落莲成，莲月新荷是小名。

曾向莲华闻妙法，几时因果悟三生。

注：圣城女尼恒贵法师，旧曾在不列颠哥伦比亚大学亚洲系从我修习古典诗词，自谓其决志落发盖曾受我讲诗时一言之启悟。

查尔斯河畔有哈佛大学宿舍楼一座，我于多年前曾居住此楼，今年又迁入此楼　一九九三年八月

如金岁月惜余年，所欲从心了不惩。

依旧河桥堤畔路，前尘淡入夕阳天。

偶见圣诞卡一枚，其图像为布满朱实之茂密绿叶而题字有"丹书"之言，因占此绝

谁将朱实拟丹书，妙义微言定有无。

自是高情人莫识，还他一笑任胡卢。

癸酉冬日中华诗词学会友人邀宴胡涂楼，楼以葫芦为记，偶占三绝

炉火无烟灯火明，主人好客聚群英。

尊前细说当年事，认取胡涂是好名。

我是东西南北人，一生飘泊老风尘。

归来却喜多吟侣，赠我新诗感意亲。

淋漓醉墨写新篇，歌酒诗吟意气妍。

共入葫芦欢此夕，壶中信是有壶天。

缪钺彦威先生挽诗三首 　一九九五年

锦城又见杜鹃红，重到情怀百不同。

依旧铮楼书室在，只今何处觅高风^{（注一）}。

当时两度约重来，事阻偏教此愿乖。

逝者难回悭一面，延陵徐墓有深哀^{（注二）}。

曾蒙赏契拟端临，词境灵谿许共寻。

每诵瑶琴流水句，寂寥从此断知音^{（注三）}。

注一：先生住处在川大宿舍铮楼之内。我与先生相识于一九八一年四月
　　　在成都草堂所举行之杜甫学会第一次大会之中，时正值杜鹃花盛
　　　开之际。

注二：一九九二年春，先生卧病后，我曾一度订好机票，拟来成都探望，
　　　先生以住所正在修缮中，一切诸多不便，函电力阻，遂未成行。
　　　一九九四年十二月，先生病重住院，时值我正在北京探亲，亦曾
　　　购妥机票，拟往探候，乃因染患重感冒，经在京家人劝阻，由舍
　　　侄退去机票，亦未成行。当时曾致电成都，相约四月中返国时，
　　　再来探望，岂意先生于一月中逝世，此次虽守约前来，而仅能参
　　　加先生葬礼，未获生前之一面，怅憾无似。

注三：先生于一九八一年与我相识后，初次来函即曾引清代学者汪容甫
　　　致刘端临书，以共同著述相期勉，其后遂商定合撰《灵谿词说》，
　　　于一九八七年成书，已由上海古籍出版社出版。继又合撰续集

《词学古今谈》，亦已于一九九三年交由湖南岳麓书社出版。先生旧曾赠我《高阳台》词，有"人间万籁皆凡响，为曾听流水瑶琴"之句，知赏极深，此日重诵先生旧句，感愧之余，弥增悼念之思。

赠别新加坡国大同学七绝一首 一九九五年一月

栽桃已是古稀人，又向狮城作一春。

莫怨匆匆成聚散，雪泥鸿爪总前因。

至N.H.州白山附近访Robert Frost故居^{（注）}
一九九六年七月

烟峦雾锁一重重，尽日驱车细雨中。

来访诗人当日宅，雪林歧路动深衷。

注：英惠奇同行。

一九九六年九月中旬赴乌鲁木齐参加中国社科院文研所与新疆师范大学联合举办之"世纪之交中国古典文学及丝绸之路文明国际学术研讨会"并赴西北各地作学术考察，沿途口占绝句六首

欣逢嘉会值高秋，绝域炎天喜壮游。

满架葡萄开盛宴，共夸美果出西州^{（注一）}。

曾读高岑出塞诗，关河风物系人思。

谁知万里轮台夜，来说花间绝妙词^{（注二）}。

交河东去接高昌，一片残墟入大荒。

饮马黄昏空想象，汉关秦月古沙场^{（注三）}。

难从枯骨想丰容，千载残骸古碛中。

休向人间问荣辱，美人名将总虚空^{（注四）}。

沙中坎井旧知名，千里泠泠地下行。

自是劳人多智慧，最艰辛处拓民生^{（注五）}。

人间何处有奇葩，独向天山顶上夸。

我是爱莲真有癖，古稀来觅雪中花^{（注六）}。

注一：游吐鲁番葡萄沟，并蒙大会飨以葡萄宴。吐鲁番旧属西州。

注二：为新疆诸学子讲授词与词学。

注三：参观交河及高昌故墟，因忆及唐代李颀《古从军行》中"黄昏饮
　　　马傍交河"之句。

注四：参观阿斯塔那古墓及木乃伊展览，中有张雄将军及所谓楼兰美女
　　　之干尸。

注五：参观坎儿井。

注六：登天山游天池，见雪莲图片。

梅子寿辰将近，口占二绝为祝　　一九九七年一月

朔风凛冽见梅枝，又近佳辰初度时。

记否当年明月夜，樊城曾共酒盈卮。

寒梅几见发南台，可惜嘉名与地乖。

要证严冬冰雪质，固应移植北乡来。

温哥华花期将届，而我即将远行，颇以为憾，然此去东部亦应正值花开，因占二绝自解　　一九九七年春写于温哥华

居卜樊城是我家，年年远去负芳华。

今春又近花开日，一样行期未许赊。

久惯生涯似转蓬，去留得失等飘风。

此行喜有春相伴，一路看花到海东。

一九九七年春明尼苏达州立大学陈教授幼石女士约我至明大短期讲学，并邀至其府上同住，历时三月，别离在即，因赋纪事绝句十二首以为纪念

人生聚合总前因，惆怅将离谢主人。

小住明州三阅月，到时冰雪别时春[注一]。

剑桥侠女有英名，雄辩能令举座惊。
今日化身东道主，始知玉手善调羹〔注二〕。

葱鱼肉嫩炸鸡香，芋软鸭肥耐品尝。
更制杏仁滑豆腐，果鲜酪美自无双〔注三〕。

孙吴兵法细参详，巾帼豪情未可当。
披甲冠盔频上阵，又看今日作严妆〔注四〕。

闲来观影兴皆浓，所见英雄喜略同。
囚友邮差余味永，圣城长剧史诗风〔注五〕。

从来柔顺最为先，千古凄凉话女权。
惠我佳篇欣展读，班昭女诫有新诠〔注六〕。

爱把人生比战场，终年劳瘁自奔忙。
偶听欢呼赏球赛，观人胜负亦能狂〔注七〕。

绿泉春绿喜嘉名，何惧驱车赴远程。
连日雨风寒料峭，今朝上路喜全晴〔注八〕。

名居莱特隐林丘，真朴翻从设计求。
能把哲思融建筑，天人合一见新猷〔注九〕。

危岩巨屋事难凭，狂想当年志竟成。

一径凌空下无地，浮云来往入苍冥^{（注十）}。

白手能将伟业传，奇人若旦史无先。

定知费尽搜寻力，展出文明二百年^{（注十一）}。

威州溪谷地形殊，两岸岩山似画图。

可惜盛名垂钓处，午餐偏叹食无鱼^{（注十二）}。

注一：我于三月中旬抵明州，当时尚满地冰雪，明州春晚，五月下旬始
　　　有春来之迹象。

注二：陈幼石女士早在二十世纪六十年代居住剑桥时，即有侠女之名，
　　　此次与之同住数月，始知其亦长于烹饪也。

注三：此诗所咏之葱烧鲫鱼、五香炸鸡翼、芋头烧鸭及杏仁豆腐等，皆
　　　为陈女士之拿手好菜。

注四：陈女士富于斗争精神，为提高教学质量，常以作战为喻，平日对
　　　服饰虽不大讲求，而每有战事则严妆上阵。

注五：吾二人皆喜观赏影片，此诗所咏为曾一同观赏之三部影片，计为
　　　The Shawshank Redemption、*The postman*及*Jerusalem*。

注六：陈女士在《通报》发表论文，谓班昭《女诫》并非教女以柔顺为
　　　德，而实为一种战争策略也。

注七：陈女士每于周末喜观电视球赛，对其所支持之球队每射入一球，
　　　辄雀跃欢呼不已。

注八：五月下旬，陈女士开车与我同赴Spring Green旅游，而spring既有

泉水之意，亦有春日之意。

注九：Frank Lloyd Wright 美国建筑史上名人，其建筑主张将设计与自然合一，且颇富东方之情致。

注十：二十世纪四十年代初 Alex Jordan 以一介平民身负巨石，建屋于巨大岩石之上，号称 The House on the Rock。有一凌空之长廊远出尘表，可以想见其建造时之艰危也。

注十一：Jordan 建成岩屋后，更不断建造扩展并搜集各地文物展列其中，依时代先后为次第，俨然重现美国二百年来之一部文明演进史也。

注十二：Wisconsin Dells 为旅游及垂钓之胜地，吾二人午餐时欲觅一餐馆食鱼竟遍寻不得，为兹游之唯一憾事。

一九九七年春，在美国明州大学访问，得与廿余年前旧识刘教授君若女士重逢，蒙其相邀至西郊植物园游春赏花，余寒虽厉，而吾二人游兴颇浓，口占绝句六首

已过清明四月天，明州春晚草初妍。

喜遇故人风雅客，寻芳邀我赴西园^{〔注一〕}。

春寒料峭兴偏浓，无惧高坡落帽风。

纵使海棠犹未绽，已看文杏弄娇红^{〔注二〕}。

故都曾赏玉兰花，肌骨丰融最可夸。

忽见异邦新品目，伶俜星影太欹斜[注三]。

连朝风雨妒春来，花信难凭总费猜。

已是水仙憔悴损，郁金虽好未全开[注四]。

游春自诩老能狂，一任风寒气未降。

更向归途试春饼，卷来新菜木樨香[注五]。

聚散人生似雪鸿，年华廿载逝匆匆。

留取今朝花下影，他时凭此忆相逢[注六]。

注一：明大植物园在市之西郊，故称西园。

注二：是日风力颇强，吾二人均着便帽以避风寒，而时有风吹落帽之虞。

注三：园中有花曰"Star Magnolia"，品种颇近于玉兰，而花瓣极为纤瘦，

　　　不似玉兰之轩昂上仰，且每瓣皆欹斜下垂。

注四：连日风雨，水仙已凋谢，郁金香尚含苞未放。

注五：归途中君若教授介绍至远东饭店品尝春饼。

注六：君若教授与我相识虽久，而极少合影之机会，此日合摄数影，亦

　　　一宝贵之纪念也。

悼念吴大任先生五律三首　一九九七年

其一

曾羡齐眉偶，黉宫共执鞭。

深研精数理，余兴爱诗篇。

惠我菊花好，感君伉俪贤。

何期重过访，孀嫠剩孤悬[注一]。

其二

展读平生传，钦迟仰大才。

三吴夸俊彦，美誉满南开。

佳侣得贤助，谋篇共剪裁。

等身多译著，继往更开来[注二]。

其三

作育英才久，高风在讲坛。

诲人长不倦，谋校亦精殚。

知友能词赋，交情见肺肝。

遗言嘱为序，敢不竭冥顽[注三]。

注一：吴大任先生夫妇皆为数学名家，而雅好诗词。十余年前，曾共聆
　　　我之诗词课，表示极大之兴趣，并以盆菊相惠赠。

注二：吴先生与胞兄大业及堂兄大猷曾共在南开大学读书，并皆成绩优
　　　秀，有"三吴"之美誉。其夫人陈女士亦为数学名家，曾与吴先

生合力译著数学之名著多种。

注三：吴先生长于讲课，积学在胸，循循善诱。曾任南开大学副校长，对学校贡献良多，其生前知友石声汉先生精研农业，而性好填词，遗著有手书复印本词集一册。吴先生曾嘱石声汉之子石定机教授，携此词集邀我为序。

七绝一首　二〇〇〇年

南开校园马蹄湖内遍植荷花，素所深爱，深秋摇落，偶经湖畔，口占一绝。

萧瑟悲秋今古同，残荷零落向西风。

遥天谁遣羲和驭，来送黄昏一抹红。

七绝三首　赠冯其庸先生　二〇〇一年

威州高会记相逢，三绝清才始识公。

妙手丹青蒙绘赠，朱藤数笔见高风[注一]。

研红当代仰宗师，早岁艰辛世莫知。

惠我佳篇时展读，秋风一集耐人思[注二]。

一编图影取真经，瀚海流沙写性灵。

七上天山奇志伟，定随玄奘史留名[注三]。

注一： 宽堂冯其庸先生与余初识于一九八〇年美国威斯康辛①大学所主办
之国际《红楼梦》研讨会中。冯公对红学之研究固早为当世所共
仰，而在会议期中冯公更曾以其亲笔所绘之紫藤一幅相惠赠，于
是始识其诗书画三绝之妙诣。

注二： 一九九三年冬又得与冯公在北京再度相晤，冯公复以其大著多种
相赠。其中《秋风集·往事回忆》一文，曾备叙其早年生活之艰
苦，而冯公能有今日多方面之成就，则其资秉之高、用力之勤，
固可想见矣。

注三： 二〇〇一年返国与冯公又得相晤，冯公又以其近日在上海展出之
《冯其庸发现考实玄奘取经路线暨大西部图影集》一册相示，既叹
其七上天山之探奇考古精神之卓伟，更赏其摄影取景之艺术境界
之高妙，钦赏之余因写为小诗三首相赠。

七绝一首　二〇〇一年

辛巳季冬应邀赴澳门讲学，蒙当地笔会宴请，席间索句，因得首
二句。其后有澳门实业家沈秉和先生欲以此联邀请友人为春茗联句之会，
并于请柬中征引我之旧作《瑶华》(注)一词，说明我之小字为荷，而澳门
素有"莲花地"之称，以为我与此地结缘盖有天意。而我之《瑶华》词
则曾引友人禅偈，有"待到功成日，花开九品莲"之句，因又占得后二
句，足成一绝。

濠江胜地海山隈，处处荷花唤我来。

若使《瑶华》禅偈验，会看九品妙莲开。

注：见本书第198页。

七绝三首

岭南大学邝龑子教授既以其近著《默弦诗草》一册相题献，又撰七绝八首为赠，更于上月岭南大学对我颁赠荣誉学位之日亲为推赞之辞，高情盛谊，感铭无已，因占三绝以相答谢。

春花秋月水云辞，天赋清才独爱诗。

赠我佳篇弥感愧，忘年耄耋许相知。

一生荣辱底须论，老去空余百劫身。

世有不虞虚誉宠，多情深感岭南人。

论诗当日仰陶公，琴上无弦有意通。

自写胸中佳趣妙，更从语默见高风。

为北京故居旧宅被拆毁而作　二○○四年二月

故宅难全毁已平，余年老去更心惊。

天偏怜我教身健，江海犹能自在行。

妥芬诺①（Tofino）度假纪事绝句十首　二〇〇四年五月

曾吟诗句仰陶公，穆穆良朝此意同。
悠想清沂当日乐，故应千载溯遗风〔注一〕。

清晓驱车豁远眸，樊城景色望中收。
天蓝水碧山青翠，积雪如银岭上头〔注二〕。

弥天黛色仰千寻，小径幽行入雨林。
自是罡风摧不尽，龙颠虎倒亦惊心〔注三〕。

娇花色美不知名，细鼠无忧自在行。
更喜新枝生腐干，还从幽境悟枯荣〔注四〕。

穿林过栈觅长滩，登降千阶力欲殚。
蓦听潮音遥入耳，白沙一片涌微澜〔注五〕。

雨后春阳入眼明，山行步步看潮生。
微波如诉蓝鲸语，远水遥天俱有情〔注六〕。

不废三余用力勤，同游乐学更耽文。

---

①通译托菲诺。——编者注

论诗于我尤成癖，设帐今宵到海滨〔注七〕。

逝水流年四十春，空滩觅贝忆前尘。
依然未脱尘羁在，枉说余生伴海云〔注八〕。

赁得幽居近小丘，松林遥隔见沙洲。
坐看明月中宵上，一夜涛声挽客留。

灵台妙悟许谁知，色相空花总是痴。
翻喜相机通此意，不教留影但留诗〔注九〕。

注一：渊明《时运》诗有"穆穆良朝"及"悠想清沂"之句。

注二：海湾所见实景如此。

注三：雨林曾遭飓风，巨干摧拔，纵横遍地。

注四：娇花细鼠及腐干新枝皆为雨林中之所见。

注五：林涧中多架栈道，可通长滩。

注六："蓝鲸"见旧作《鹧鸪天》词："广乐钧天世莫知。伶伦吹竹自成痴。
　　　郢中白雪无人和，域外蓝鲸有梦思。　　明月下，夜潮迟。微波
　　　迢递送微辞。遗音沧海如能会，便是千秋共此时。"

注七：诸友连夜邀我谈诗。

注八：四十年前在台游野柳，有"觅贝""伴云"之句。"觅贝"见《郊
　　　游野柳偶成四绝》之四："潮音似说菩提法，潮退空余旧梦痕。自
　　　向空滩觅珠贝，一天海气近黄昏。""伴云"见《海云》："眼底青山
　　　迥出群，天边白浪雪纷纷。何当了却人间事，从此余生伴海云。"

注九：予之相机安装胶卷有误，整卷报废。

《泛梗集》题辞二绝句

澳门程祥徽先生所著《泛梗集》即将付印，嘱沈秉和先生代索题辞，因占二绝句勉为报命。

云中雕影拟英姿，漠北天南任所之。

更具高才汇今古，慑人真气写新诗。

阅尽人生路窄宽，语林诗国两盘桓。

大千忧乐关情处，不作寻常泛梗看。

陈省身先生悼诗二首　叶嘉莹敬悼时在甲申孟冬大雪之节

其一

噩耗惊传痛我心，津门忽报巨星沉。

犹记月前蒙厚贶，华堂锦瑟动高吟（注一）。

其二

先生长我十三龄，曾许论诗获眼青。

此去精魂通宇宙，一星遥认耀苍冥（注二）。

注一：十月廿一日南开大学文学院为我举办八十寿庆暨词与词学会议，陈先生曾亲临祝贺，并亲笔书写赠诗一首，有"锦瑟无端八十弦"

之句。

注二：先生虽为数学家，而雅好诗文。二十世纪八十年代中，曾与夫人
　　　共临中文系教室听我讲授诗词。近日，天文界曾以先生之名为一
　　　小行星命名。

随席慕蓉女士至内蒙作原乡之旅
口占绝句十首　二〇〇五年九月

海拉尔市草原城，弥望通衢入野平。
矗立广场神物在，仰天翅展海东青^{（注一）}。

余年老去始能狂，一世飘零敢自伤。
已是故家平毁后，却来万里觅原乡^{（注二）}。

松叶青青桦叶黄，满山树色竞秋光。
采来野果红如玉，味杂酸甜细品尝^{（注三）}。

身腰犹喜未全衰，能到兴安岭上来。
壁刻幽寻嘎仙洞，千年古史几欢哀^{（注四）}。

右瞻皓月左朝阳，一片秋原入莽苍。
伫立中区还四望，天穹低处尽吾乡^{（注五）}。

皇天后土本非遥，封禅从来礼数高。

谁似牧民心意朴，金秋时节拜敖包[注六]。

休言古史总无凭，历历传言众口腾。

此是大汗驰骋地，隰原遥认马蹄坑[注七]。

黑山头上旧王宫，砖础犹存伟业空。

酹酒临风一回首，古今都付野云中[注八]。

高原之子本情多，写出心中一曲歌。

可爱诗人席连勃，万人争唱母亲河[注九]。

原乡儿女性情真，对酒歌吟意气亲。

护我更如佳子弟，还乡从此往来频[注十]。

注一：海拉尔市建于草原之上，街道宽广坦平，一望无际，其市中心之
　　　成吉思汗广场立有蒙古族图腾海东青之巨大石雕。

注二：我家本姓叶赫纳兰，先世原为蒙古土默特部，清初入关，曾祖父
　　　在咸、同间曾任佐领，祖父在光绪间任工部员外郎，在西单以西
　　　察院胡同原有祖居一所。在二〇〇二年的一份北京市规划委员会
　　　的公文中，曾提出要加强保护四合院的工作，我家祖居原在被保
　　　护的名单内，但终被拆迁公司所拆毁。

注三：野果之味盖亦有如世味之杂酸甜也。

注四：嘎仙洞壁间有北魏太武帝太平真君四年（公元四四三年）刻文，

记有中书侍郎李敞等人来此探访拓跋鲜卑先祖发祥地石室之事。"嘎仙"之名或传为追溯祖先之意，或传为游牧民保护神之意。

注五：中秋后二日经过广袤之草原，地势平广，空气清新，西天皓月犹悬，东天朝阳已上，蓝空白云一望无垠，实为难得之景观。

注六：内蒙古草原地势较高之处多建有所谓敖包者，为当地人祭拜天地之所。其源久远，含有先民最初之信仰，被学者称为"宗教上的活化石"。

注七：额尔古纳有原隰一片，高处下望，多处有水流回绕其中，一处似马蹄，据传乃成吉思汗驰马经过时马蹄奔踏所留遗迹。

注八：在额尔古纳地区有一座较高之丘陵，人称之为黑山头，其上有古城遗址，今尚可见其础石遗基及零砖断瓦，为成吉思汗赐封其弟合撒儿之地。

注九：席慕蓉女士之蒙古族姓为"席连勃"，曾写有《父亲的草原母亲的河》歌词一首，其最后一段中有句为"我也是高原的孩子啊，心里有一首歌"，传唱众口。

注十：在内蒙旅游一周，负责接待之友人诸君，如孙国强及乔伟光二位，皆极为热诚，在沿途给予不少照拂护持，孙君且曾写有长诗一首相赠，令人心感无已。

二〇〇六年三月在台湾讲学曾蒙陈绣金、唐喜娟二位友人热诚接待一个月之久，临行以水晶莲花二朵赠别 二〇〇六年三月

自喜荷花是小名，胜缘随地托吾生。

三旬小聚难为别，留取芳莲伴水晶。

温哥华岛阿莱休闲区登临偶占 二〇〇六年五月七日

一湾碧水几重山，飞鸟冲波意自闲。

不向余生说劳倦，更来高处一凭栏。

小病渐痊，沈秉和先生以《口号叶嘉莹先生病愈》一诗相赠，步韵奉和 二〇〇七年一月二十日

雪冷不妨春意到，病痊欣见好诗来。

但使生机斫未尽，红蕖还向月中开。

附 沈秉和先生原诗 口号叶嘉莹先生病愈

雪里芭蕉心影在，诗人兴会踏空来。

红梅莫羡一枝早，更有青莲次第开。

连日愁烦以诗自解，口占绝句二首，首章用李义山《东下三旬苦于风土马上戏作》诗韵而反其意，次章用旧作《鹧鸪天》^(注)词韵而广其情 二〇〇七年六月

其一

一任流年似水东，莲华凋处孕莲蓬。

天池若有人相待，何惧扶摇九万风。

其二

不向人间怨不平，相期浴火凤凰生。

柔蚕老去应无憾，要见天孙织锦成。

注：见本书第201页。

附　李义山原诗　东下三旬苦于风土马上戏作

路绕函关东复东，身骑征马逐惊蓬。

天池辽阔谁相待，日日虚乘九万风。

梦窗词夙所深爱，尤喜其写晚霞之句，如其《莺啼序》之"蓝霞辽海沉过雁，漫相思弹入哀筝柱"及《玉楼春》之"海烟沉处倒残霞，一杼鲛绡和泪织"等句，皆所爱赏。近岁既已暮年多病，更困于家事愁烦忙碌之中，读之更增感喟，因占绝句一首　二〇〇七年七月

已是桑榆日影斜，敢言辽海作蓝霞。

暮烟沉处凭谁识，一杼鲛绡满泪花。

谢琰先生今年暑期在温哥华举行书法义卖展览，其中有一小条幅，所写为《浮生六记》中芸娘制作荷花茶之事。余性喜荷花，深感芸娘之灵思慧想，因写小诗一首以美之　二〇〇七年

荷爱濂溪说，茶耽陆羽情。

人天有奇遇，云水证双清。

悼史树青学长　二〇〇七年十一月十三日

树青学长与我为六十年前同班同学，一九八七年我之《唐宋词十七讲》一书出版时，树青学长曾为我撰写弁言。去岁且曾在京与诸同门欢聚，乃日昨忽接噩报，竟以心疾不治逝世，诗以悼之。

忽报京华谢老成，顿令鲁殿感凄清。

疗心恨乏三年艾，鉴古曾传一世名。

犹忆欢言如昨日，空留文字想生平。

少年同学凋零甚，卮酒中宵北向倾。

戊子仲夏感事抒怀绝句三首　二〇〇八年六月

回首流年六十秋，他生休结此生休。

桑榆暮景无多日，漫说人间有白头。

每诵风诗动我思，有无黾勉忆当时。

蓼辛荼苦都尝遍，阻德为仇信有之。

剩将书卷解沉哀，弱德持身往不回。

一握临歧恩怨泯，海天明月净尘埃。

奉酬霍松林教授　二〇〇八年十二月二十一日

霍松林教授荣获终身成就奖，余亦忝列其后，获赠其诗词集一册，喜读其中赠我之五律一章，因忆六十年前往事，口占此绝奉酬。

未曾觌面已知名，六十年前白下城。

此日燕京重聚首，唐音又喜诵新声。

附　霍松林教授原诗　寄叶嘉莹教授　一九八四年四月

白下悲摇落，登高忆旧词[注]。

漫嗟如隔世，终喜遇明时。

四海飘蓬久，三春会面迟。

曲江风日丽，题咏待新诗。

注：一九四八年秋嘉莹先生与余同在南京，重九登高，卢冀野师作套曲，
　　余二人各有和章，同在《泱泱》发表，其后卢师俱刻入《饮虹乐
　　府》。

月前返回温哥华后风雪时作，气候苦寒，而昨日驱车外出，见沿途街树枝头已露红影，因占绝句一首　二〇〇九年四月

早知风雪应无惧，芳讯天涯总不乖。

我是归来今岁早，要看次第好花开。

题友人摄荷塘夕照图影　己丑荷月

潋滟波光似酒红，暮霞如火正烧空。

摄取精魂向何处，定教长住水晶宫。

陈洪先生近日惠赠绝句三章及荷花摄影三幅，高情雅谊，心感无已，因赋二绝为谢　二〇〇九年

《津沽》大赋仰佳篇，论史说禅喜《结缘》。

曾为行人理行李，高情长忆卅年前[注一]。

《谈诗忆往》记前尘，留梦红蕖写未真。

摄取马蹄湖上影，荷花生日喜同辰[注二]。

注一：一九七九年来南开讲学，临行前陈洪先生曾亲自为我收拾行李。

注二：我护照上之出生月日与陈先生身份证上之出生月日全同，我的是
阴历，家人以为此日为荷花生日。

附　陈洪先生原诗　读叶嘉莹先生《谈诗忆往》有感而作绝句三章

夜半掩卷，久久不能释然，有作

才命相妨今信然，心惊历历复斑斑。

易安绝唱南迁后，菡萏凉生秋水寒。

读《谈诗忆往》重有感二首

北斗京华望欲穿，诗心史笔两相兼。

七篇同谷初歌罢，万籁无声夜欲阑。

锦瑟朦胧款款弹，天花乱坠寸心间。

月明日暖庄生意，逝水滔滔许共看。

**昨日津门大雪，深宵罢读熄灯后，
见窗外雪光莹然，因念古有囊萤映雪之故实，
成小诗绝句一首** 二〇一〇年一月四日

人间千古有深知，屈宋秋情子美诗。

想见今宵读书客，囊萤映雪总相思。

病中答友人问行程 二〇一〇年三月十五日

敢问花期与雪期，衰年孤旅剩堪悲。

我生久是无家客，羞说行程归不归。

送春 二〇一〇年四月

归来岁岁送春归，眼见繁英逐日稀。

万紫千红留不住，可能心志不相违。

读《双照楼诗词稿》有感，口占一绝 二〇一〇年六月十八日

曾将薪釜喻初襟，举世凭谁证此心。

未择高原桑枉植，怜他千古做冤禽。

题纳兰《饮水词》绝句三首　二○一○年十月

应陈子彬先生之嘱。

喜同族裔仰先贤，束发曾耽绝妙篇。
一种情怀年少日，吹花嚼蕊弄冰弦。

混同江水旧知名，独对斜阳感覆杯。
莫向平生问哀乐，从来心事总难明。

经解曾传通志堂，英年早折讵堪伤。
词心独具无人及，一卷长留万古芳。

**纪峰先生热爱雕塑，以真朴之心、诚挚之力，
对于艺事追求不已，其成就乃有日进日新之妙。
两年来往返京津两地多次晤谈，并亲到讲堂听我
讲课，近期塑成我之铜像雕塑一座以相馈赠，
睹者莫不称叹，以为其真能得形神之妙，
因赋七绝二首以致感谢之意**　二○一一年九月温哥华作

我是耄年老教师，谈诗论古久成痴。
纪君妙手传心事，塑出升堂欲语时。

万幻凭谁问果因，余年老去付微尘。
欲将修短争天地，惠我人间不朽身。

七绝二首 七七级校友将出版毕业三十周年纪念集赋小诗二首

二○一二年

春风往事忆南开，客子初从海上来。

喜见劫余生意在，满园桃李正新栽。

依依难别夜沉沉，一课临歧感最深。

卅载光阴弹指过，未应磨染是初心。

壬辰八月初三日八九老人叶嘉莹写于南开大学

梅子自台来访，晚间与诸生共话一世纪来两岸沧桑，因得此绝 二○一二年十一月二十八日

日月难常驻，悲欢不可名。

半生沧海客，无限海桑情。

连日尘霾，今朝大雪，口占绝句一首 二○一三年一月二十日

连日寒云郁不开，楼居终日锁尘霾。

岂知一夜狂风后，天舞飞花瑞雪来。

雪后尘霾不散，再占一绝 二○一三年一月二十二日

依旧寒云冻不开，楼居仍是锁尘霾。

相思一夜归何处，梦到莲花碧水涯。

悼郝世峰先生七绝二首 二〇一三年二月一日

其一

卅年前事记相逢，耿介清严见古风。

曾向课堂聆讲说，义山长吉意相通^(注一)。

其二

穷通时遇不由人，才命相妨惜此身。

垂死病床留一语，春蚕余绪未全申^(注二)。

注一：一九七九年春我初来南开讲学，因想观摩国内古典诗歌之教学方
　　　式，曾在郝世峰、杨成福、王双启诸先生课堂上旁听，当时郝先
　　　生正在讲授中晚唐诗，对李贺及李商隐二家诗颇有深入之体会。

注二：郝先生早岁值"文革"之乱，一生抑郁，曾有欲写回忆录之言，
　　　安易等诸及门曾允愿协助整理，此次生病住院，诸生前往探视，
　　　郝先生对未能达成此意愿深感遗憾。

喜闻云高华市《华章》创刊，友人以电邮索稿，口占二绝 二〇一三年二月四日

其一

谁言久客不思乡，一片乡心总未忘。

同是飘零江海客，云城今喜见华章。

其二

当年联副有前缘，世副乡情海外牵。

更喜华章今日好，云城相聚谱新篇。

为南开大学首届荷花节作　二〇一三年六月十五日

结缘卅载在南开，为有荷花唤我来。

修到马蹄湖畔住，托身从此永无乖。

口占诗偈一首　二〇一三年七月

天外从知别有天，人生虽短愿无边。

枝头秋老蝉遗蜕，水上歌传火内莲。

为横山书院五周年作　二〇一三年七月

七月四日我自温哥华飞返北京，适湛如法师自日本返国，巧于机场相遇。七月八日法师邀我于法源寺相聚，又适值贱辰初度之日，因忆廿五年前赵朴初丈于广济寺邀聚，亦适值贱辰初度之日，真乃殊胜之因缘也。

横山建书院，讲席聚群贤。

桃李庭前植，声名宇内传。

我来真巧合，相遇有奇缘。

古寺逢初度，回头廿五年。

摄影家叶榕沣先生最喜拍摄荷花，其取景采光皆别具眼界，迥出流俗。近以其所作一幅荷花相惠赠，意境尤为夐绝，因题小诗一首以为答谢　二〇一三年八月三十一日

蓝霞掩映万芙蕖，摄取花魂入画图。

一片空蒙超色相，好从光影悟真如。

绝句一首　二〇一三年九月

逝尽年华似水流，飘蓬早已断离愁。

我是如今真解脱，独陪明月过中秋。

病中偶占　二〇一四年二月

我生早已断闲愁，唯有疾来不自由。

幸得及门同照顾，余年此外更何求。

恭王府海棠雅集绝句四首　二〇一四年三月

其一

春风又到海棠时，西府名花别样姿。

记得东坡诗句好，朱唇翠袖总相思。

其二

青衿往事忆从前，黉舍曾夸府第连。
当日花开战尘满，今来真喜太平年。

其三

花前小立意如何，回首春风感慨多。
师友已伤零落尽，我来今亦鬓全皤。

其四

一世飘零感不禁，重来花底自沉吟。
纵教精力逐年减，未减归来老骥心。

返抵南开怀云城友人　二○一四年九月

书报平安字，心怀万里情。
明春花事好，相约聚云城。

"迦陵学舍题记"将付刻石，
因赋短歌一首答谢相关诸友人

序曰：嘉莹一世飘零，四方讲学，迟暮之年，有好友怜其老无所依，乃提倡募之说。斯言一出，立即得到温哥华刘女士、澳门沈先生之热心赞助，又得南开大学校方之大力支持，乃于校园中为之建构一居所，号日"迦陵学舍"。既有汪生梦川为撰"题记",更得温哥华书法名家谢琰先生以工楷为之写定,又得求是山人^(注)之弟子陈维廉先生为刻方印一枚,使全幅为之增色。感谢之余,因赋短歌一首藉表谢忱。歌曰:

> 谢公书法妙,陈子篆刻精。
>
> 汪生写题记,三美一时并。
>
> 迦陵从此得所栖,读书讲学两相宜。
>
> 学舍主人心感激,喜题短歌乐无极。

录呈诸友人藉表感激之忱

乙未仲夏叶嘉莹写于加拿大之温哥华

注:求是山人者,温哥华篆刻名家陈风子先生之别号也。陈维廉君为山人之关门弟子,为时所称。

和沈秉和先生　二〇一五年七月

> 喜见嫣红入眼来,华筵席上一枝开。
>
> 荧屏幕面谁题字,唤取花魂水面回。

迦陵乙未仲夏初吉于云城

附　沈秉和原诗

六月初吉前夕,文友雅聚,不意得荷花甜食一款,因摄下奉寄叶嘉莹先生,兼题一绝以贺先生华诞。

> 随意嫣红到眼来,风铃早着一声开。
>
> 明窗来日几篇字,依旧青青水叶回。

奉和沈秉和先生《迎春口号》七绝二首　二〇一六年一月

其一

天行常健老何妨，花落为泥土亦香。

感激故人相勉意，还将初曙拟微阳^{〔注〕}。

其二

茶香午梦醒还疑，莲实千春此意痴。

待向何方赋归去，依然尼父是吾师。

注：李商隐《燕台四首·春》："醉起微阳若初曙。"

附　沈秉和原诗　迎春口号：岁暮访得贵州高原绿宝石茶，喜奉叶嘉莹先生，兼呈二绝

茶新人老未相妨，与物为春自在香。

杯茗浮来双鬓绿，北窗犹自待初阳。

是形是影尽堪疑，负手看云赋得痴。

乎也焉哉皆骨驭，少师拜了是吾师^{〔注〕}。

注：柳公权曾任太子少师，后人因号柳少师。唐宣宗珍爱柳公权之墨宝，曾召柳公权到殿前作书，柳公权用真书在一张纸上写了"卫夫人传笔法于王右军"十字，用行书在一张纸上写了"永禅寺真草千字文得家法"十一字，用草书在一张纸上写了"谓语助者焉哉乎也"八字。

代友人作为谢琰先生祝寿诗　　二〇一六年

门前桃李早成行，架上常飘翰墨香。
朗月流晖光满地，人天同愿颂康强。

雨后　　二〇一六年七月

暮天一碧剩残虹，风雨都如一梦中。
客子身强当日事，老怀孤绝更谁同。

木兰（注）　　二〇一六年七月

加拿大不列颠哥伦比亚大学受业弟子赠我木兰一株，因题小诗以
记之。

杏坛植嘉树，花开似芙蓉。
化雨春常在，诗心一脉通。

注：亦名辛夷，花似荷花，王维诗所谓"木末芙蓉花"者也。

近日为诸生讲说吟诵，偶得小诗一首　　二〇一七年六月

来日难知更几多，剩将余力付吟哦。
遥天如有蓝鲸在，好送余音入远波。

惊闻杨敏如学姊逝世口占小诗一首
聊申悼念之情　二〇一七年十二月

追念同门友，凄凉无一存。

健谈吾姊最，今后与谁论。

诗教　二〇一八年十一月三日

中华诗教播瀛寰，李杜高峰许再攀。

喜见旧邦新气象，要挥彩笔写江山。

接奉沈先生小诗口占一绝为答　二〇一八年十一月十五日

廿载光阴容易逝，濠江一晤许相知。

暮年难定他时约，珍重当前一首诗。

附　沈先生原诗　晴沙白鹭

翩翩敛翼认南枝，晓步晴沙又别兹。

尔我相存念一刹，后身容肯共裁诗。

友人惠传海滨鸥鸟图，口占一绝　二〇一八年十一月二十五日

此身老去已龙钟，日日高楼闭锁中。

忽见画图心振起，便随鸥鸟入晴空。

二　集

词　稿

采桑子二首　一九七七年

途经大寨，闻有西水东调之工程即将竣事。欲往参观，以天雨未果。口占小词二阕，聊志所感。

我生一世多忧患，惆怅啼鹃。长恨人间。逝水东流去不还。

忽闻西水能东调，移去高山。造出平原。始信人间别有天。

儿时只解吟风月，梦影虽妍。世事难全。茹苦终生笔欲捐。

而今却悟当初错，梦觉新天。余烬重燃。试谱新声战斗篇。

金缕曲　周总理冥诞作　一九七八年

万众悲难抑。记当年、大星殒落，漫天风雪。伫立街头相送处，忍共斯人长诀。况遗恨、跳梁未灭。多少忧劳匡国意，想临终、滴尽心头血。有江海，为呜咽。

而今喜见春风发。扫阴霾、冰澌荡尽，百花红缀。待向忠魂齐献寿，怅望云天寥阔。算只有、姮娥比洁。一世衷怀无私处，仰重霄、万古悬明月。看此际，清光澈。

水龙吟　秋日感怀温哥华作　一九七八年

满林霜叶红时，殊乡又值秋光晚。征鸿过尽，暮烟沉处，凭高怀远。半世天涯，死生离别，蓬飘梗断。念燕都台峤，悲欢旧梦，韶华逝，如驰电。

一水盈盈清浅。向人间、做成银汉。阋墙兄弟，难缝尺布，古今同叹。血裔千年，亲朋两地，忍教分散。待恩仇泯没，同心共举，把长桥建。

水调歌头　秋日有怀国内外各地友人

月夜有怀大陆、台湾地区及美东、剑桥诸地友人，赋此共勉。

天涯常感旧，江海隔西东。月明今夜如水，相忆有谁同。燕市亲交未老，台岛后生可畏，意气各如虹。更念剑桥友，卓荦想高风。

虽离别，经万里，梦魂通。书生报国心事，吾辈共初衷。天地几回翻覆，终见故园春好，百卉竞芳丛。何幸当斯世，莫放此生空。

踏莎行　一九七八年冬

近写《水龙吟》及《水调歌头》诸词，或以为气类苏辛，不似闺阁之作，因仿稼轩之效李易安体，为小词数首。惟是词体虽效古人，词情则仍为作者所自有耳。

黄菊凋残，素霜飘降。他乡不尽凄凉况。丹枫落后远山寒，暮烟合处空惆怅。

雁作人书，云裁罗样。相思试把高楼上。只缘明月在东天，从今惟向天东望。

西江月

昨夜月轮又满，经时音信无凭。怪他青鸟误云程。日日心期难定。

已报故园春早，春衫次第将成。莫教风雨弄阴晴。珍重护花幡胜。

临江仙

惆怅当年风雨，花时横被摧残。平生幽怨几多般。从来天壤恨，不肯对人言。

叶落漫随流水，新词写付谁看。惟余乡梦未全删。故园千里外，休戚总相关。

浣溪沙

摇落西风几夜凉。满林寒叶已惊霜。天涯谁赏菊花黄。

别后故人存旧约，梦回梁月有余光。雁声迢递碧天长。

金缕曲　　有怀梅子台湾　一九七八年

难忘临歧际。赋离歌、短诗数首，盈襟别意。世事茫茫从此去，明日参商万里。叹聚散、匆匆容易。自信平生萧瑟惯，甚新来、岁晚怜知己。沉思处，凭谁会。

高山流水锺期谊。曾共话、夷齐列传，马迁心事。惆怅胸中家国恨，几度暗伤憔悴。剩迟暮、此心未已。若遂还乡他日愿，约重逢、聚首京华里。然诺在，长相记。

水龙吟

友人梅子于前岁返台服务，日前驱车外出，偶经其旧居之地，缅想昔游，赋此寄之。

旧游街巷重经，故人此日天涯远。门庭草树，高楼灯火，依前在眼。聚散无凭，几回离别，岁华惊晚。对寒天暮景，追思往事，空相忆，都成幻。

记得激情狂辩。每怜君、志高量浅。岂知归去，关心乡土，胸襟大展。近日书来，英才作育，壮怀无限。约春风吹放，故园桃李，向花前见。

鹧鸪天

老去相逢更几回。人间别久信堪哀。繁花又向天涯发，明月还从海上来。

山断续，水萦回。白云天远动离怀。年年断送韶华尽，谁共伤春酒一杯。

西江月三首　一九七九年旅游途中戏作

万里归国客子，西安三度重游。再来有约愿终酬。爱此山川如绣。

昨夜一场风雨，今晨天气如秋。沿途集市值公休。处处人车辐辏。

甜瓜或黄或绿，猪只大耳肥头。小葱满地积如丘。更喜蕃茄红透。

指点沿途景物，沣河渭水长流。汉唐古史已千秋。惟有青山依旧。

车里笑声时起，相声对口如流。浮瓢比做老僧头。座有嘉宾善谑。

谈兴豪情万丈，诗才倾泻如油。西江月好韵滑熟。杨老新词初就。

水龙吟

一九七九年四月偶于故都一书画展览会中，得见范曾先生所绘之屈原像一幅，用笔沉郁而神采飞动，恍如睹屈子千秋风貌。正瞻赏间，遽为管理人员取下，云已为一日本旅客购得矣。既归而念之不置，因赋此词。

半生想象灵均，今朝真向图中见。飘然素发，翛然独往，依稀泽畔。呵壁深悲，纫兰心事，昆仑途远。哀高丘无女，众芳芜秽，凭谁问，湘累怨。

异代才人相感。写精魂、凛然当面。杖藜孤立，空回白首，愤怀无限。哀乐相关，希文心事，题诗堪念[注]。待重滋九畹，再开百亩，植芳菲遍。

注：图上题诗有"希文忧乐关天下"之句。

八声甘州

一九七九年春夏之交，在南开大学中文系讲课两月，蒙全系师生以热诚相待，感愧良多，临行复举行欢送会，并以纪念礼物多种相赠，其中有范曾先生所绘屈原像一幅，尤所深爱。感激之余，因赋此词。

想空堂素壁写归来，当年稼轩翁。算人生快事，贵欣所赏，情貌相同。一幅丹青赠我，高谊比云隆。珍重临歧际，可奈匆匆。

试把画图轻展，蓦惊看似识，楚客遗容。带陆离长铗，悲慨对回风。别津门、携将此轴，有灵均、深意动吾衷。今而后、天涯羁旅，长共相从。

水调歌头　题美国麻省大学梁恩佐教授绘《国殇图》

死有泰山重，亦有羽毛轻。开缄对子图画，百感一时并。几笔线条勾勒，绘出英魂毅魄，悲愤透双睛。楚鬼国殇厉，气壮动苍冥。

挟秦弓，带长剑，意纵横。枪林弹雨经遍，血染战袍腥。自古无人曾免，偏是江淹留赋，写恨暗吞声。何日再相见，重与话平生。

水龙吟

画家范曾为清代名诗人范伯子之后，家学渊源，善吟诵古典诗词，曾以吟诗录音带一卷相赠，赋此为谢。

一声裂帛长吟，白云舒卷重霄外。寂寥天地，凭君唤起，骚魂千载。渺渺予怀，湘灵欲降，楚歌慷慨。想当年牛渚，泊舟夜咏，明月下，诗人在。

多少豪情胜概。恍当前、座中相对。杜陵沉挚，东坡超旷，稼轩雄迈。异代萧条，高山流水，几人能会。喜江东范子，能传妙咏，动心头籁。

水龙吟　题《嵇康鼓琴图》

分明纸上琴音，风神千古嵇中散。五弦挥处，也曾目送，飞鸿意远。丰草长林，平生心志，未堪羁绊。想岩岩傲骨，睥睨朝士，柳阴下，当年锻。

正复斯人不免。画图中、愤怀如见。古今多少，当权典
午，肯容狂狷。流水高山，广陵一曲，此情谁展。有刘伶善
饮，举杯在手，寄无穷感。

水龙吟　题范曾先生绘孟浩然画像

浩然正副斯名，风流想见当年貌。清芬愿挹，谪仙太白，
也曾倾倒。河汉微云，梧桐疏雨，佳篇清妙。问先生何事，鹿
门竟出，也奔向、长安道。

可奈家贫亲老。更秋江、北风寒早。岘山登处，羊公碑
在，几番凭吊。难问迷津，空悲白发，枉寻芳草。喜千秋能
写，颓然醉态，有丹青好。

沁园春　题友人赠《仕女图》

万里相邀，来看画图，豪士如君。记古都当日，未曾觌
面，神交便许，惊识灵均。半载睽违，一朝重见，笔底烟霞更
有神。飞扬处，听狂言惊座，意兴干云。

偶然绘做佳人。露半面、愁容写未真。看青松影下，单寒
翠袖，手中诗卷，花上啼痕。泼墨张颠，挥毫风雨，幻出云鬟
雾鬓身。蒙持赠，向天涯携往，伴我清吟。

沁园春 题《曹孟德东临碣石图》

魏武当年，碣石登临，慷慨作歌。想洪波浩荡，秋风萧瑟，英雄相对，此意如何。凭仗白描，传神妙笔，绘出悲凉万感多。扬鞭指，望天涯尽处，揽辔山河。

难禁岁月销磨。奈横槊、豪情两鬓皤。叹神龟虽寿，终年有竟，一朝灰土，枉说腾蛇。老骥虽衰，犹存壮志，千里长途有梦过。须珍惜，趁风华正茂，直上嵯峨。

踏莎行

一九八〇年春，偶于席上遇一女士云能以姓名为人相命，谓我于五行得水为最多，既可如杯水之含敛静止，亦可如江海之汹涌澎湃，戏为此词，聊以自嘲。

一世多艰，寸心如水。也曾局囿深杯里。炎天流火劫烧余，藐姑初识真仙子。

谷内青松，苍然若此。历尽冰霜偏未死。一朝鲲化欲鹏飞，天风吹动狂波起。

鹊踏枝 一九八〇年

余昔年在台湾讲唐宋词，有女同学某君谓，词中所写丁香、海棠，格韵馨逸，惜台峤无之，未获亲睹。其后旅游来温哥华，时值芳春，繁英如锦。因相与驱车周览，遍赏诸花，且告以此所见者与古人词中所写中土之花树无异。某君闻而神往，于是有聚首京华之约。岁月易得，别来行复三年，抚事怀人，因赋此解。

记得当年花烂漫。长日驱车，直欲寻春遍。一自别来时序换。人间几处沧桑变。

又见东风牵柳线。聚首京华，此约何年践。惆怅花前心莫展。一湾水隔天涯远。

水龙吟　友人来书写黄山之胜

画师隔海书来，开缄如对烟岚翠。新来消息，凭君细写，山中幽意。始信峰前，飞来石畔，登临未已。想青松万壑，回飙激荡，吟啸处，飞云起。

铺展长笺巨笔。尽挥洒、淋漓元气。苍崖老树，嵚崎傲兀，眼中心底。惆怅吾生，征尘催老，枉悲泥滓。想杜陵诗句，青鞋布袜，待何时始。

水龙吟　红楼梦研究会纪事（大会由周策纵教授主持，于威斯康辛大学召开）一九八〇年

周公吐哺迎宾，红楼盛会明湖畔^{（注）}。痴人多少，相逢说梦，高谈忘倦。血泪文章，凭谁解会，疑真疑幻。甚苍天未补，奇书未竟，向千古，留长憾。

聆取座中雄辩。喜天涯、聚兹群彦。论文度曲，题诗作画，长才各展。开卷头回，一番相聚，结缘不浅。向临歧惜别，叮咛后会，约他年见。

注：周策纵教授即席赋诗，有"明月一勺测汪洋"之句，有注云："陌地生二大湖，有日湖、月湖之称，予尝共呼曰明湖。"因沿用之。

玉楼春 有怀梅子台湾 一九八〇年九月

天涯聚散真容易。别后惊心时序异。几行征雁去无还，一树霜枫红欲醉。

高楼向晚成孤倚。远水遥山无限意。天边明月又团圆，人间何日重相会。

鹊踏枝 一九八〇年

玉宇琼楼云外影。也识高寒，偏爱高寒境。沧海月明霜露冷。姮娥自古原孤另。

谁遣焦桐烧未竟。斫作瑶琴，细把朱弦整。莫道无人能解听。恍闻天籁声相应[注]。

注："听"字及"应"字，均读去声。

鹊踏枝 一九八〇年

晚唐诗人李义山与温庭筠同时，温为当时词坛之重要作者，李之诗作虽有意境颇近于词者，然却并无词作，友人有颇以为憾者，因用义山诗句为小词一首。

啮锁金蟾销篆印[注一]。四壁霜华[注二]，重叠相交隐。小院红英飞作阵^(注三)。芳根中断芳心尽^(注四)。

羽客多情相问讯^(注五)。冉冉风光，疑见娇魂近^(注六)。云汉长河千古恨。人天只有相思分^(注七)。

注一：见义山《无题》诗"金蟾啮锁烧香入"。

注二：见义山《燕台》诗"冻壁霜华交隐起"。

注三：见义山《落花》诗"小园花乱飞"。

注四：见义山《燕台》诗"芳根中断香心死"及《落花》诗"芳心向春尽"。

注五：见义山《燕台》诗"蜜房羽客类芳心"。

注六：见义山《燕台》诗"风光冉冉东西陌，几日娇魂寻不得"。

注七：见义山《西溪》诗"人间从到海，天上莫为河"。

西江月　　阳平关下作

久慕蜀都山水，一朝入蜀成行。中宵坐起待天明。残月一弯秦岭。

曙色依稀入眼，车声隐隐初停。阳平关下晓风清。天外两三星影。

鹊踏枝　　一九八一年六月

杜甫学会后有怀西蜀友人。樊城即加拿大之温哥华。

花树樊城长陌满。岁岁春来，处处花开遍。今岁花开人正远。归来已是韶光换。

赖有鹃丛芳意晚。过了端阳，才放朱英展。却忆繁红西蜀见。风烟万里情何限。

点绛唇　一九八一年十一月天津作

回首生哀，凄凉往事凭谁诉。雨朝风暮。零落无人护。

一阕新词，绝似招魂赋。甘芳露。心头滴处。留得春长驻。

蝶恋花　一九八二年六月成都作

盼得春来春又暮。九十韶光，欲尽留难住。百尺游丝空际舞。殷勤此意如何诉。

几处阴浓楼外树。日日楼头，望断行人路。风雨摧花谁做主。新来陡觉飘零苦。

鹧鸪天

一九六六年应哈佛大学之聘，自台湾携二女言言及言慧赴康桥，赁居于燕京图书馆附近一小巷内，每日经过威廉·詹姆士楼之下，当时曾写《菩萨蛮》小词一首，有"西风何处添萧瑟。层楼影共孤云白。楼外碧天高。秋深客梦遥"之句。一九八二年，再至哈佛，偶经旧居之地，街巷依然，而长女言言离世已六年之久矣，感慨今昔，因赋此阕。

死别生离久惯谙。艰辛历尽几波澜。挈家去国当年事，沧海沉珠竟不还。

楼影外，碧云天。康桥景物尚依然。漫夸客子身犹健，谁识心头此夕寒。

水龙吟　壬戌中秋前夕有怀故人

天涯又睹清光，姮娥伴我飘零久。阴晴历遍，常圆无缺，几时能够。北国春宵，南台秋夜，乱离经后。算他乡迟暮，韶华一往，对明月，空搔首。

凉露苍苔湿透。立多时、寒生衣袖，长晖万里，愿随流照，故人知否。当日高楼，阑干同倚，此情依旧。愿加餐共勉，千秋志业，向他年就。

浣溪沙　一九八二年十月

缪彦威前辈教授以手书《相逢行》长歌见赠，有"凤凰凌风来九天，梧桐高耸龙门巅。百年身世千秋业，莫负相逢人海间"之语，赋此为谢。

尺幅珍悬字字珠。长歌郑重手亲书。相逢深谊定何如。

云外九天来凤鸟，龙门百尺立高梧。人间真有胜缘殊。

减字木兰花　一九八二年十一月

天涯秋老。叶落空阶愁未扫。独下中庭。为看长空月影明。

此心好在。纵隔沧溟终不改。夜夜西风。万里乡魂有路通。

满庭芳 一九八三年春写于温哥华

一九七七年友人梅子自加拿大回台任教，临行前曾有他年共游京华之约。去岁余利用休假机会，曾回大陆居住一年之久，而梅子因身在台湾，不仅不能前来相聚，更因两地不能通邮，音问遂完全断绝。今年春梅子自台来访，小住三周，临行前赋此赠别。

樱蕊初红，柳枝才绿，天涯再度轻分。久经离别，小聚未三旬。回首年时此际，正消息、阻隔音尘。空怀想，君羁台海，惆怅对燕云。

今春。相见处，依然异域，旧约重论。愿携手京华，有日成真。且向花前水畔，追往事、共觅游痕。难追是，流光不返，白发鬓边新。

蝶恋花 一九八三年三月

爱向高楼凝望眼。海阔天遥，一片沧波远。仿佛神山如可见。孤帆便拟追寻遍。

明月多情来枕畔。九畹滋兰，难忘芳菲愿。消息故园春意晚。花期日日心头算。

浣溪沙

已是苍松惯雪霜。任教风雨葬韶光。卅年回首几沧桑。

自诩碧云归碧落，未随红粉斗红妆。余年老去付疏狂。

木兰花慢　咏荷　一九八三年九月

《尔雅》曰："荷，芙蕖。其茎茄，其叶蕸，其本蔤，其华菡萏，其实莲，其根藕，其中的，的中薏。"盖荷之为物，其花既可赏，根实茎叶皆有可用，百花中殊罕其匹。余生于荷月，双亲每呼之为"荷"，遂为乳字焉。稍长，读义山诗，每诵其"荷叶生时春恨生，荷叶枯时秋恨成"[注一]，及"何当百亿莲华上，一一莲华见佛身"[注二]之句，辄为之低回不已。曾赋五言绝《咏莲》小诗一首云："植本出蓬瀛，淤泥不染清。如来原是幻，何以度苍生。"其后几经忧患，辗转飘零，遂羁居加拿大之温哥华城。此城地近太平洋之暖流，气候宜人，百花繁茂，而独鲜植荷者，盖彼邦人士既未解其花之可赏，亦未识其根实之可食也。年来屡以暑假归国讲学，每睹新荷，辄思往事，而双亲弃养已久。叹年华之不返，感身世之多艰，怅触于心，因赋此解。（篇内"飘零""月明""星星"诸句，皆藏短韵于句中，盖宋人及清人词律之严者，皆往往如此也。至于"愁听"之"听"字则并非韵字，在此当读去声。）

　　花前思乳字，更谁与，话生平。怅卅载天涯，梦中常忆，青盖亭亭。飘零自怀羁恨，总芳根、不向异乡生。却喜归来重见，嫣然旧识娉婷。

　　月明一片露华凝。珠泪暗中倾。算净植无尘，化身有愿，枉负深情。星星鬓丝欲老，向西风、愁听佩环声。独倚池阑小立，几多心影难凭。

注一：见《暮秋独游曲江》。

注二：见《送臻师二首》其二。

水调歌头 贺周士心教授八秩寿庆画展 一九八三年

云城有高士，三绝擅嘉名。旧学吴门溯往，通悟本天成。细草微虫寄兴，远岫长川写意，神志接沧溟。展纸挥毫处，众类眼中明。

携书册，万里路，五洲行。开筵设帐，拓开新径有传承。《两岸》峰峦迭翠，《百石》玲珑多致^(注)，相对坐移情。八十未云老，琴瑟正和鸣。

注：《两岸》及《百石》皆为周教授画册之名。

浣溪沙 连夕月色清佳，口占此阕 一九八三年九月

无限清晖景最妍。流光如水复如烟。一轮明月自高悬。
已惯阴晴圆缺事，更堪万古碧霄寒。人天谁与共婵娟。

生查子 一九八五年一月

飘泊久离居，岁晚欢娱少。连夜北风寒，雪满天涯道。
今日喜颜开，乍觉新晴好。为有远人书，来报梅花早。

瑶华 一九八八年七月北京作

戊辰荷月初吉，赵朴初先生于广济寺以素斋折简相邀，此地适为四十余年前嘉莹听讲《妙法莲华经》之地，而此日又适值贱辰初度之日，以兹巧合，怅触前尘，因赋此阕。

当年此刹，妙法初聆，有梦尘仍记。风铃微动，细听取、花落菩提真谛。相招一简，唤辽鹤、归来前地。回首处、红衣凋尽，点检青房余几。

因思叶叶生时，有多少田田，绰约临水。犹存翠盖，剩贮得、月夜一盘清泪。西风几度，已换了、微尘人世。忽闻道、九品莲开，顿觉痴魂惊起[注]。

注：是日座中有一杨姓青年，极具善根，临别为我诵其所作五律一首，有"待到功成日，花开九品莲"之句，故末语及之。

附 赵朴初先生和作前调

光华照眼，慧业因缘，历多生能记。灵山未散，常在耳、妙法莲花真谛。十方严净，喜初度、来登初地。是悲心、参透词心，并世清芬无几。

灵台偶托灵谿[注]，便翼鼓春风，目送秋水。深探细索，收滴滴、千古才人残泪。悲欢离合，重叠演、生生世世。听善财、偈颂功成，满座圣凡兴起。

注："灵谿"指所撰《灵谿词说》。

水调歌头　降龙曲　己巳孟春为友人戏作

幽谷有龙孽，利爪更蟠纹。住向恶潭深底，妄念起风云。时复昂然怒啸，惯喜盘蹲作势，桀傲性难驯。佛说如来法，充耳未曾闻。

变虫沙，经劫化，认前身。不须文字，记传衣钵在宵分。听取海潮音发，飞落满天花雨，方识释迦尊。回向莲台下，光景一番新。

木兰花令　一九八九年美国哈佛作

人间谁把东流挽。望断云天都是怨。三春方待好花开，一夕高楼风雨乱。

林莺处处惊飞散。满地残红和泪溅。微禽衔木有精魂，会见桑生沧海变。

浣溪沙　一九九三年

一任生涯似转蓬。老来游旅兴偏浓。驱车好趁九秋风。两岸霜林夹碧水，一弯桥影落长虹。无边景色夕阳中。

虞美人三首　初抵新加坡纪事　一九九四年

其一

我生久作天涯客。无复伤飘泊。新来更喜到狮城。处处南天风物眼中明。

九重朱葛层楼外。颜色常无改。爱它花好不知愁。一任年光流逝忘春秋。

其二

新交故雨知多少。总是相逢好。卅年桃李旧时春。此日天涯重见倍情亲。

学宫肯特冈头上。日日频来往。回廊迢递上层阶。自喜登临腰脚未全衰。

其三

所居地在盘丹谷。绿树连层屋。高楼帘幕日飞扬。好是惊雷雨过晚风凉。

楼前车水如潮涌。声撼楼阑动。深宵人静月华开。疑听钱塘江水梦中来。

鹧鸪天　二〇〇〇年

庚辰九月既望之夜，长河影淡，月华如水，小院闲行，偶成此阕。

似水年光去不停。长河如听逝波声。梧桐已分经霜死，幺凤谁传浴火生。

花谢后，月偏明。夜凉深处露华凝。柔蚕枉自丝难尽，可有天孙织锦成。

鹧鸪天　二〇〇〇年

偶阅黛安·艾克曼（Diane Ackerman）女士所写《鲸背月色》（*The Moon by Whale Light*）一书，谓远古之世海洋未被污染以前蓝鲸可以隔洋传语，因思诗中感发之力，其可以穿越时空之作用盖亦有类乎是，昔杜甫曾有"摇落深知宋玉悲"[注一]之言，清人亦有以"沧海遗音"[注二]题写词集者，因赋此阕。

广乐钧天世莫知。伶伦吹竹自成痴。郢中白雪无人和，域外蓝鲸有梦思。

明月下，夜潮迟。微波迢递送微辞。遗音沧海如能会，便是千秋共此时。

注一：见《咏怀古迹五首》其二。

注二：清朱孝臧辑有《沧海遗音集》十三卷，收入龙榆生一九三三年汇编《疆村遗书》。

鹧鸪天　二〇〇一年

友人寄赠《老油灯》图影集一册，其中一盏与儿时旧家所点燃者极为相似，因忆昔年诵读李商隐《灯》诗，有"皎洁终无倦，煎熬亦自求"及"花时随酒远，雨后背窗休"之句，感赋此词。

皎洁煎熬枉自痴。当年爱诵义山诗。酒边花外曾无分，雨冷窗寒有梦知。

人老去，愿都迟。蓦看图影起相思。心头一焰凭谁识，的历长明永夜时。

浣溪沙

为南开马蹄湖荷花作。

又到长空过雁时。云天字字写相思。荷花凋尽我来迟。

莲实有心应不死，人生易老梦偏痴。千春犹待发华滋。

浣溪沙

新获莲叶形大花缸，喜赋。

莲露凝珠聚海深。石根萦藻系初心。红蕖留梦月中寻。

翠色洁思屈子服，水光清想伯牙琴。寂寥天地有知音。

浣溪沙

近日为诸生讲授白石《暗香》《疏影》诸词，其情思在隐约绵缈之间，因占此阕。

休道襟怀惨不温。小窗横幅有余春。当年枉向梦中寻。
天外云鸿能作字，水中霞影亦成文。人天云水为招魂。

金缕曲　二〇〇一年

澳门实业家沈秉和先生热心中华文化，雅爱诗词，自谓早在七十
年代初即曾因偶阅拙作有所感发，去岁澳门大学举办国际词学会议，
筵前初识，即慨然捐资人民币百万予南开大学我所创设之中华古典文
化研究所，为推广诗词教学之用。近日沈君又计划更创新业，其意愿
固仍在以营利所得为从事文化事业之用也。沈君才质敏慧，经常撰写
文稿在港澳报刊发表，间亦写作小诗，其文笔诗情皆有可观，性嗜饮
茶，一杯在手，神游物外，虽经营世务而有出世之高情，其资秉志意
皆有过人之处，南开校方嘱题此词以表谢意。

记得初相识。正濠江、词坛高会，嘉宾云集。多谢主人安
排定，坐我与君同席。承相告、卅年前日。偶阅拙篇兴感发，
似云开、光影窥明月。百年遇，一朝夕。

陶朱事业能行德。况端木、论诗慧解，清才文笔。倾盖千
金蒙一诺，大雅扶轮借力。看天海、飞鹏展翼。偏有高情尘世
外，伴明灯、嗜读茶香侧。多少意，言难说。

鹧鸪天　赠沈秉和先生

记得濠江识面时。千金一诺许相知。陶朱重友能行德，端

木多才善解诗。

新志业，旧心期。每从文笔显风仪。扶轮大雅平生愿，一盏茶香有所思。

金缕曲 二〇〇一年

辛巳之春，予应邀至哥伦比亚大学客座讲学。抵达纽约后，东亚系主任王德威教授邀宴相聚，座中得见夏志清教授。予与夏公在二十世纪六十年代中期曾于百慕大及贞女岛两次中国文学国际会中相晤，此次再度相逢，夏公告我其八旬寿辰甫过，向我索词为祝，因赋此阕。

八十称眉寿。看筵前、夏公未老，童心依旧[注一]。三十四年都一瞬，岁月惊心驰骤。记当日、文章诗酒。百慕贞娘双岛会，聚群贤、多少屠龙手[注二]。恣笑谑，唯公有。

古今说部衡量就。论钱张、围城难并，倾城难偶[注三]。一语相褒评说定，举世同瞻马首。更作育、青年才秀。一代学坛师友盛，祝长年、我落他人后。歌金缕，捧金斗。

注一：夏公有"老顽童"之称。

注二：当年参加两会之学者有美国之海陶玮、谢迪克、白芝、陈世骧、刘若愚、周策纵诸教授，欧洲之霍克斯、侯思孟二教授，日本之吉川幸次郎等，皆为汉学界之名人。

注三：夏公撰小说史曾大力赞扬钱锺书之《围城》及张爱玲之《倾城之恋》两部作品。

水调歌头　　二〇〇六年五月六日

度假归来戏作录示同游诸友。

风物云城美，首夏气清和。良辰争忍轻负，游兴本来多。况有卅年诗友，屋宇相望居近，平日屡相过。结伴登游艇，同唱舞雩歌。

赛提斯，盐泉岛，尽婆娑。屋前绿树，屋后潮汐水生波。今夜谈诗已晚，明日趁墟须早，嘉会意如何。极目海天远，霞影织云罗。

思佳客　　贺梁佩、陶永强夫妇银婚　二〇〇六年七月

好合今逢廿五春。百年佳耦爱常新。孟光旧谊称桃李，得配伯鸾译笔新。

烹美食，诵诗文。人间乐事正无垠。我生何幸得交识，屋宇相望更喜邻。

蝶恋花　　二〇一一年十一月

早岁忧患之中读静安先生《苕华词》曾深受感动并由此引发而写有《几首咏花的诗》一文对《诗·苕之华》一篇"知我如此，不如无生"及"人可以食，鲜可以饱"诸句，深有戚戚之感。今日重读《苕华词》，适值天象有流星雨之出现，机缘凑泊偶成此词。

记得苕华当日句。细马香车，梦里曾相遇。谁遣叶生花谢

去。人天终古无凭据。

孤磬遥空如欲语。试上高峰，偏向红尘觑。岂有星辰能摘取。凄凉一夜西楼雨。

水龙吟 二○一二年春

己未春余曾为北京碧云寺所展之《屈子行吟图》赋《水龙吟》长调，后因偶然机缘，由该词而得识该图之作者范曾先生，至今已三十又三年矣。壬辰春，加拿大阿尔伯塔大学拟赠范先生荣誉博士学位，余再赋《水龙吟》一阕为贺。

洛基山畔名庠，百年留得斯文在。临流枕碧，潺湲似诉，真诠千载。正学宏开，东西互鉴，兼收同采。引江东奇士，能抟十翼，扶摇起，来天外。

犹记京华初识，为骚魂、共鸣心籁。嵩高天阔，纫兰香远，沧桑无改。忧乐希文，情通今古，原无疆界。待如椽大笔，长虹写就，架茫茫海。

金缕曲 为二○一三年西府海棠雅集作 二○一三年三月十一日

嘉莹幼长于北京，于一九四一年考入辅仁大学，在女院恭王府旧址读书，府邸之后花园内有海棠极茂，号称西府海棠。每年清明前后，自校长陈援庵先生以下，与文史各系教师往往聚会其中，各题诗咏。而当时正值卢沟桥事变之后，北京处于沦陷区内，是以诸师之作常有"伤时例托伤春"之句。于今回思，历时盖已有七十二年之久矣。嘉莹一生飘泊海外，近日接获恭王府管理中心之函件联系，获知在去岁壬辰之春，恭王府中曾有西府海棠之会，嘱为题咏。值兹盛世，与七十二年前相较，中心感慨，欣幸不能自已。爰题金缕一曲，以志其盛。

事往如流水。忆昔年、黉宫初入，青春年纪。学舍正当西海侧，草树波光明媚。有小院、天香题记。艳说红楼留梦影，觅遗踪、原是前王邸。府院内，园林美。

古城当日烟尘里。每花开、诗人题咏，因花寄意。把酒行吟游赏处，多少沧桑涕泪。都写入、伤春文字。七十二年弹指过，我虽衰、国运今兴起。恣宴赏，海棠底。

水龙吟 二〇一六年三月

二〇一五年秋，南开大学迦陵学舍落成，北京恭王府友人移植府中瞻霁楼前之海棠二株相赠。瞻霁楼者，我昔年在辅大女校读书时女生宿舍之所在也。怅触前尘，感赋此词，并向恭王府友人致谢之意。

迦陵学舍初成，迎来王府双姝媚。长车远送，良辰共咏，桃夭归妹。沽水萦回，燕云绵渺，意牵情系。想古城旧邸，南开新寓，身总在，黉宫里。

老我飘零一世。喜余年、此身得寄。乡根散木^{（注）}，只今仍是，当年心志。师弟承传，诗书相伴，归来活计。待海棠开后，月明清夜，瞻楼头霁。

注：乡根散木，一九七九年作《赠故都师友绝句十二首》其十二曾云：

"构厦多材岂待论，谁知散木有乡根。书生报国成何计，难忘诗骚李杜魂。"

附录一

应酬文字

顾羡季先生五旬晋一寿辰祝寿筹备会通启 一九四七年

盖闻春回阆苑，庆南极之烜辉，诗咏闷宫，颂鲁侯之燕喜。以故麦丘之祝，既载齐庭，寿人之章，亦播乐府。诚以嘉时共乐，寿考同希。此在常人，犹申祝典，况德业文章如我夫子羡季先生者乎。先生存树人之志，任秉木之劳。卅年讲学，教布幽燕，众口弦歌，风传洙泗。极精微之义理，赅中外之文章。偶言禅偈，语妙通玄；时写新词，霞真散绮。寒而毓翠，秀冬岭之孤松；望在出蓝，惠春风于细草。今岁二月二日即夏历丁亥年正月十二日，为我夫子五旬晋一寿辰。而师母又值四旬晋九之岁，喜逢双寿，并在百龄。乐嘉耦之齐眉，颂君子之偕老。花开设悦，随淑气以俱欣；鸟解依人，感春风而益恋。凡我同门，并沐菁莪之化，常存桃李之情，固应跻堂晋拜，侑爵称觞。欲祝嘏之千秋，愿联欢于一日。尚望及门诸彦，共襄斯举，或抒情抱，或贡词华。但使德教之昌期，应是同门之庆幸。日之近矣，跂予望之。

挽外曾祖母联 一九四〇年作，时年十六

忆昔年觅枣堂前，仰承懿训，提耳诲谆谆。何竟仙鹤遄飞，寂寞堂帏嗟去渺。

痛此日捧觞灵右，缅想慈容，抚膺呼咄咄。从此文鸾永逝，凄迷云雾望归遥。

梦中偶得联语 　一九五八年前

室迩人遐，杨柳多情偏怨别。

雨余春暮，海棠憔悴不成娇。

代人贺李宗侗先生夫妇六十双寿 　二十世纪六十年代台湾作

柱史才名，齐眉嘉耦。

尚书门第，周甲长年。

挽郑因百教授夫人

萱堂犹健，左女方娇，我来十四年前，初仰母仪接笑语。

潘鬓将衰，庄盆遽鼓，人去重阳节后，可知夫子倍伤神。

代父挽郑因百教授夫人

荆布慕平陵，有德曜家风，垂仪百世。

门间开北海，似康成夫婿，足慰今生。

代台大中文系挽董作宾先生联

简拾流沙，覆发汲冢。史历溯殷周，事业藏山应不朽。

节寒小雪，芹冷璧池。经师怀马郑，菁莪在沚有余哀。

代台静农先生挽董作宾先生联

四十年驹隙水流，忆当时聚首燕台，同学少年，视予犹弟。

三千牍功成身逝，痛此日伤心海上，故人垂老，剩我哭君。

代人挽王平陵联

掷笔人归书未了。

卧床妻病目难瞑。

余又荪先生以车祸丧生代余夫人挽联

百岁光阴，千秋事业，有泰山之重，有鸿毛之轻，如君死太无名，忍使精魂丧轮下。

一封霮电，万里遄归，如连枝之折，如比目之分，从此生何可乐，空余长恨向天涯。

代人挽溥心畬先生联

是一代清才，为末世王孙，谁知孤抱？

擅三绝书画，留苍松遗笔，想见高风。

又一联

云林墨妙无双品。

太室名藏不朽人。

代人挽台大张贵永教授

张教授为史学家，以暴疾殁于西德。

马帐风寒，万里噩闻欧陆远。

麟书史在，千秋事业玉山传。

代张目寒夫人挽父联

罔极念深恩，忆儿时萱堂早背，鞠育抚双雏，父是严亲兼
慈母。

丧明知抱痛，叹英岁芝兰竟折，晨昏依卅载，我为弱女愧
非男。

代人挽秦德纯联

千秋付史官之论，尘劫忆燕云，岂止才难兼意苦。

今夏有樽酒之聚，清谈犹昨日，何知小别竟长归。

代人挽于右任先生联

生民国卅三年之前，掌柏署卅三年之久，开济著勋猷，朝野同悲国大老。

溯长流九万里之远，挟天风九万里之高，淋漓恣笔墨，须眉长忆旧诗人。

代父挽友人联

矍铄想当年，今雨同来惟有泪。

凄凉悲此日，古稀身后竟无人。

代人拟施氏临濮堂联

台湾鹿港施氏新建宗祠，云其先世曾封临濮侯，其族人因以临濮名堂，嘱以堂名嵌字为联。

临履宜中，化及他方德乃大。

濮封世远，裔传遥海泽弥长。

西雅图施友忠教授七旬初度之庆示以佳章，拜读之余因撰此联为贺 一九七二年

九畹抱芳怀，桃李三千植海外。

七旬夸健者，梅花一曲记平生。

一九七六年一月周总理逝世联合国中国代表团
嘱我撰写挽联一副

革命为人民求解放，尽瘁忘身，不惜忧劳终一世。

运筹为举世拓新猷，折冲尊俎，长留功业在人间。

一九七六年九月毛主席逝世联合国中国代表团
撰写挽联嘱我代为审定

井冈山建军，遵义县会议，经两万五千里长征，辟地开天，救危立国，功略驾汉武秦皇而上。

沁园春述志，念奴娇问鸟，历八十有二年岁月，著作等身，声名盖世，思想如高山伟岳长存。

为黄尊生姻丈九旬大庆作　　一九八四年六月

香江初谒，十年既往。翁寿弥康，如山长仰。

懋学中西，洪流泱溙。瞻望遥天，愿随履杖。

值此良辰，益增慕想。古墨一匣，聊供清赏。

祝贺中华诗词学会成立联语　　一九八七年

游子远瀛归，喜见知音遍华夏。

良辰群彦集，共钦高躅忆灵均。

贺不列颠哥伦比亚大学亚洲系蒲立本教授荣退 丁卯冬日作

在沚菁莪思化雨。

藏山述作祝长年。

代人贺友人母九十寿诗

海徼慈云霭，新秋娄宿明。

人间传荻教，堂上喜萱荣。

秉铎追尼父，持旄慕子卿。

谁贤如此母，耄耋祝长生。

代人作挽某同学父

陟屺伤心，风树从今泣游子。

耄年遗恨，天涯犹自盼王师。

代人贺某女教师退休联

卅七年化雨春风，孟母德仪尼父业。

数千里江南海峤，鸿光嘉耦鹿门归。

不列颠哥伦比亚大学亚洲研究中心内
中国研究室落成，撰联为贺

程门马帐薪传地。

东观西园海外天。

周士心教授与陆馨如夫人金婚之喜，
代谢琰先生撰联为贺　一九九六年

游艺贯中西，四海云山来纸上。

风诗友琴瑟，五旬嘉耦羡人间。

蔡章阁先生获颁荣誉学位，撰联为贺

德教久传名，百岁树人功不朽。

琼林今开宴，九如称颂祝长年。

《松鹤天地》十二周年报庆，代谢琰先生撰联为贺，
中嵌"松鹤天地"四字

文德比青松，十二载植根得地。

高风拟鸣鹤，九万里结响遥天。

壬午夏不列颠哥伦比亚大学亚洲图书馆日文部管理员权并恒治荣休纪念（代谢琰先生作）

卅载同工，共以图书为伴侣。

一生归老，长留勋绩在黉宫。

舞鹤文物店新张嵌字联　二〇〇三年

花发舞姿新，物美固应人共赏。

云翔鹤羽洁，品高宁与俗同尘。

尹洁英女士八旬寿庆贺联　二〇〇三年

十六载往事如新，记讲学当年，辽沈燕都，万里相陪蒙照拂。

八旬寿慈萱未老，想华堂此日，儿孙亲故，千觞共举颂期颐。

为加拿大温哥华中山公园撰联

四宜书屋

四时花木庭常绿。

一卷诗书此最宜。

华枫堂

春赏华荣，风槛垂杨饶舞态。

秋看枫艳，石山流瀑有清音。

涵碧榭

池水一泓碧。

天光万古涵。

通艺堂嵌字联（代中侨互助会作）

通才有识融中外。

艺海无涯汇古今。

赛伟廉博士（Dr. William Saywell）荣休纪念（代西门菲沙①大学王健教授作） 二〇〇六年

学术拓新猷，万里经文通亚太。

菁莪怀旧泽，十年德教在黉宫。

魏德迈（Edgar Wickberg）教授精研华侨历史，曾在侨乡实地考察，退休后在温哥华创立历史学会，友人嘱为撰联相贺 二〇〇七年

踪迹遍侨乡，曾著史书勋业永。

---

① 通译西蒙菲莎。——编者注

云城创协会，更传文化海天长。

为王健教授撰联致送加拿大亚太基金会　二〇〇七年八月

翼展鹏飞好向重洋启门户。

云蒸霞蔚要从四海汇斯文。

恭贺加国铁路鲁珀特市货运港落成周年纪念志庆
（代王健教授作）　二〇〇八年

车舶往来欣见重洋连广陆。

经文交会好凭双轨接瀛寰。

谢琰先生嘱写此联以赠友人　二〇〇九年六月

九皋鸣鹤。

四海传声。

题杜维运教授夫人孙雅明女士绘
《月下黑白双兔图》　二〇一〇年八月

无损阴晴云外一轮光皎洁。

欲分黑白毫端双兔色分明。

为中华书局所作贺联　二〇一二年二月十五日

万卷新装添邺架。

百年旧誉满学林。

中华书局成立百年之庆　壬辰元月八九老人叶嘉莹贺

贺《全清词·雍乾卷》出版　二〇一二年三月

词苑珠林，鸿篇开盛世。

名山宝藏，大业继闲堂。

南开大学出版社成立三十周年之庆　二〇一三年三月二十日

百岁树人端赖图书开伟业。

卅年而立喜看邺架满新编。

温哥华摄影学会成立四十周年贺联　二〇一四年九月

四十年华，早是立身不惑地。

三千世界，都为入镜有情天。

贺马凯先生、忠秀女士结婚四十周年之庆　二〇一四年十二月

四十年凤和鸾鸣，挚爱凝成红宝石。

九万里鹏飞鲲化，骏蹄直上碧云天。

乙未新春迦陵偶题 二〇一五年二月

马足已开新域界。

羊毫待绘锦江山。

杨敏如学姊百岁寿辰贺联 二〇一六年五月

一生爱读红楼梦。

百岁犹存赤子情。

张海涛、于家慧二人俱爱诗词喜成佳耦
想见唱和之乐书此为贺

缘结鸾凤夸双美。

诗咏关雎第四章。

钱学森诞辰一百零五周年上海交通大学
钱学森研究中心嘱题

高情直傍云霄上。

伟业长留天地间。

叶嘉莹丙申冬日于天津

挽冯其庸先生联　二〇一七年一月

瓜饭记前尘，中道行宽，梦写红楼人共仰。

天山连瀚海，西游乐极，心存净土世同钦。

挽饶宗颐先生联　二〇一八年二月

学艺贯今古中西，忽听惊雷传凤靡。

知交忆港台欧美，当年高谊感莺啼^{（注）}。

注：饶先生当年曾赋《莺啼序》二首相赠。

谨以短句祝贺郑良树先生古史文集出版

师生结谊，六十年前。

满园桃李，秀出群贤。

出经入史，青胜冰寒。

斯人虽逝，著述长传。

旧日业师九四老人叶嘉莹于迦陵学舍

祝贺甲子曲会成立二十周年

廿载传芳讯。

千秋嗣雅音。

横山书院成立十年之庆 二〇一八年十一月二十八日

思往圣，仰高山，薪传经史艺文，设帐十年收硕果。

集时贤，听傥论，学贯东西今古，立言万世拓新猷。

为《日本汉文学百家集》题辞 二〇一八年十二月二十五日

时地虽相异。

诗心今古同。

迦陵存稿原序及跋文

迦陵存稿序　戴君仁

嘉莹于一九四二至一九四三年间，肄业北平辅仁大学时，从吾友顾羡季学诗词曲，每有习作，辄为羡季所激赏。稿留至今，拟付印资纪念，而先似余读之。余观其所作虽不多，而皆清真秀逸，饶有情韵，以大学生而有此，洵可谓罕见者矣。嘉莹今教授台湾大学中文系，有盛名，听讲者塞门户，谁知其三十年前已不凡若此哉！是足以示诸生矣，故乐为之序。

一九六九年七月廿三日

迦陵存稿跋

嘉莹生长于燕京旧家，自幼即蒙家父母亲课以识字读书，然而年甫十三，即值七七事变，时家父远在南京，迨抗战军兴，乃随国府西迁，而未几家母又因病弃养，自兹而后，嘉莹乃全赖伯父狷卿翁之教诲矣。伯父狷卿翁凤好诗古文辞，而于诸子弟中，对嘉莹尤特加垂爱，自髫龄即授以古近体诗，暇更令试为习作，循循诱掖，爱勉有加。及入辅仁大学国文系，又从顾师羡季先生受业，除诗歌外，更兼习词曲。羡季师于诗歌之赏析，感锐而思深，予嘉莹之启迪昭示极多，而对嘉莹之期许寄望尤深，嘉莹亦未尝不以致力于旧诗词之写作为兴趣与志愿之所在。然而人事多变，自一九四八年底渡海来台，二女先后出生，既不得不忙于舌耕为糊口之计，而所遇之忧患艰危，更有决不为外人知且不可为外人道者，碌碌余生，吟事遂废。

复加以近年来西方文艺现代思潮之日新月异，嘉莹既于旧诗词陷溺已深，难以自拔，虽欲追随现代，乃力有所不能，而又性耽新异，对于完全局囿于旧格律之写作，似亦已心有所不甘，因之遂绝笔不复存吟咏之念。唯是早岁之习染已深，偶尔因情触景，亦仍时有一二诗句偶或涌现脑中，则亦唯有任其自生自灭，曾略无缀拾成篇之意，其偶有敷衍成章者，则如郊游野柳之四绝，留别哈佛之三律等，或者以之写示诸生，或者以之留别赠友，如是而已。年来往返国内外，每检箱箧，时睹旧稿，则羡季师评改之手迹犹新，而伯父狷卿翁之音容笑貌，亦恍如仍在目前，然而竹幕深垂，不通音问者，盖已廿载有余矣。且伯父狷卿翁及羡季师并皆体弱多病，于一九四八年春嘉莹离平时即已衰象毕呈，则今日之安危存殁，盖有不忍深思者矣。然而嘉莹于旧诗词之写作则辍笔已久，年华空逝，往事难寻，偶一翻阅旧作，则当年故都老屋，家居在学之生活，点点滴滴，都如隔世，而追怀伯父狷卿翁及羡季师对嘉莹教诲之殷、期望之切，更未尝不衷心自疚，愧无能报。是编之辑，即泰半为当日习作之旧稿，固早知其幼稚空疏略无可取，不过聊以忏悔一己之老大无成，且以之纪念伯父狷卿翁及羡季师教诲之深恩而已。因为此跋。

己酉除夕叶嘉莹跋于加拿大之温哥华城

迦陵存稿续跋

　　小女嘉莹跋其诗稿既竟，来问教于余。回忆曩昔，瞻望将来，不觉枨触万端，亦思增加数言以补跋内所云之所未及。忆昔抗日战争爆发，小女正在髫年，余当时服务空军，随军西迁蓉城，音问遂绝。讵料在此时期余又遭鼓盆之痛，小女茕茕，顿失所恃，一切教养均唯家兄狷卿公是赖。迨至国土重光，欢然回里，欣悉小女已经在辅大卒业，及睹其在此抗战时期所作诗稿，时有真性情流露字里行间，是皆家兄狷卿公及顾羡季先生之诱导提掖所致，至今感念，难以一刻忘怀。今日时下青年之有旧学修养者日尠，此稿问世，或可略见故都古风之一二乎！爰缀数语，聊当续书。

　　　古燕叶廷元识。时为小女迎养在加拿大温哥华城

附录三

迦陵年表

1924年

7月2日（农历六月初一），生于北京察院胡同二十三号（旧十三号）四合院祖居旧宅的东厢房。

1927年

父母开始教识汉字，授以四声之辨识。

1930年

从姨母读"四书"，又从伯父诵读唐诗。

1934年

插班考入北京笃志小学五年级。始作绝句、文言文。

1935年

以同等学力考入北京市立女二中。始填词。

1941年

考入北京辅仁大学国文系，当时的校长为史学家陈垣先生，系主任为目录学家余嘉锡先生。10月下旬，母亲病逝。

1942年

听顾随先生讲唐宋诗词课程。诗词创作渐丰，经顾随先生推介首次发表词作于北平报刊，取笔名"迦陵"。

1943年

秋，在广济寺听《妙法莲华经》。

1945年

大学毕业，任佑贞女中、志成女中及华光女中三校国文教师。

1948年

赴上海，3月29日在上海成婚，婚后和丈夫去往南京，后一度任南京私立圣三中学国文教师。

11月，随夫赵钟荪工作迁转赴台湾。

1949年

春，开始任台湾彰化女中国文教师。

8月，长女言言出生。

12月25日，丈夫因"思想问题"被捕，入狱三年。

1950年

6月底7月初，与彰化女中校长皇甫珪女士及其他五位教师一起因"思想问题"被拘询，携带哺乳中未满周岁的女儿同被拘留，后虽因查无实据被释放，但因此失去教职。失业时，因无地安身，曾在亲戚家以打地铺方式，携女寄居数月。其后，经人介绍在台南私立光华女中任国文教师数年。其间，曾应亲友之邀，撰写《说辛弃疾〈祝英台近〉》一文及《夏完淳》小书一册。

1952年

丈夫赵钟荪获释。

1953年

9月，次女言慧出生。

1954年

暑期，因台北第二女子中学之聘，全家迁至台北，与父亲合住在信义路二段一六八巷父亲单位的宿舍。担任台北第二女子中学高中一年级"礼""智"两班国文课。被台湾大学聘为兼职教师。

1955年

受聘为台湾大学专任教师（因二女中校长王亚权女士挽留，继续在二女中兼课，直至送执教的两班学生毕业），长达14年，先后讲授大学国文、历代文选、诗选、杜甫诗等课程。

1956年

夏，受台湾地区教育相关部门主办的文艺讲座之邀讲授唐宋词选读课程，共五周。

1957年

正式辞去台北二女中教职。

1958年

被聘为淡江文理学院（后改名为淡江大学）兼任教授，长达十一年，先后开设诗选、词选、曲选、陶谢诗、杜甫诗、苏辛词等课程。

1961年

辅仁大学在台湾复校，受聘为兼任教授，长达八年，先后开设诗选、词选等课程。开始受邀至台湾教育电台播讲大学国文。

1962年

春，与台大学生一同郊游野柳。

1965年

台湾教育电视台成立，应邀播讲《古诗十九首》。

1966年

暑期，应邀赴美国哈佛大学任访问学者，9月开学后赴密歇根大学任客座教授。

1967年

1月，参加美国学术团体协会（American Council of Learned Societies）在北大西洋百慕大岛（Bermuda Island）举办的以"中国文类研究"（Studies in Chinese Literary Genres）为主题的国际会

议，提交英文论文《谈梦窗词的现代观》（"Wu Wen-Ying's Tz'u：A Modern View"）。与会者都是西方著名汉学家，如牛津大学的霍克斯（David Hawkes）教授、耶鲁大学的傅汉思（Hans Hermannt Frankel）教授、康奈尔大学的谢迪克（Harold Shedick）教授、加州大学的白芝（Cyril Birch）教授、哈佛大学的韩南（Patrick Hanan）教授与海陶玮（James R. Hightower）教授，还有不少知名的华裔西方学者，如刘若愚、夏志清、陈世骧诸教授。会后返密歇根大学任教。

7月，应邀再次以访问教授名义自密歇根赴哈佛。

1968年

春，在哈佛观看张充和及其弟子李卉的昆曲演出，作诗相赠。应赵如兰女士之邀，为赵元任先生所作歌曲填写歌词《水云谣》一首。

秋，在美客座讲学期满返台。

1969年

9月，赴加拿大温哥华，执教于加拿大不列颠哥伦比亚大学（University of British Columbia，简称UBC）亚洲学系（Department of Asian Studies），任客座教授。

秋冬之际，陆续接丈夫、女儿及父亲赴温哥华团聚。

1970年

年初，获聘加拿大不列颠哥伦比亚大学终身教授，之后在此校执教的十九年中开设过中国文学史简介、中国古文选读、中国历代诗选读、唐宋词选读、博士论文专题讨论等课程。先后指导的研究生有施吉瑞（Jerry D. Schmidt）、白瑞德（Daniel Bryant）、罗德瑞（Terry Russell）、施逢雨、余绮华（Teresa Yu）、梁丽芳（Laifong Leung）、王仁强（Richard King）、方秀洁（Grace S. Fong）等。

12月，赴加勒比海之维尔京群岛（Virgin Islands），再次参加美国学术团体协会举办的有关中国文学评赏途径的国际学术会议，与日本汉学家吉川幸次郎教授及美国威斯康星大学周策纵教授相遇，有唱和诗多首。

1971年

2月10日，父亲因脑出血病逝于温哥华。

暑期，游访欧洲（英国、法国、德国、意大利、瑞士、奥地利）。

1973年

赴加拿大渥太华中国大使馆递交回国探亲申请。

1974年

暑期，回国探亲、旅游，创作一千八百七十八字的七言古风《祖国行长歌》。

1976年

1月，为联合国中国代表团举办周恩来追悼会撰写挽联。

3月24日，长女夫妇罹车祸同时去世。

9月，为联合国中国代表团举办毛泽东追悼会撰写挽联。因为用台湾旅行证件回大陆多有不便，遂申请加入加拿大国籍。

1977年

再度回国探亲，游历大庆、开封、西安等地。

1978年

向中华人民共和国教育部寄出志愿回国教书的申请。与南开大学外文系李霁野教授取得书信联系。

1979年

回国教书的申请得到批准。3月，应邀先后在北京大学、南开大学、南京大学讲学。在京期间，拜会周祖谟先生、陆颖明先生，并与两位老师及同班同学史树青、阎振益、阎贵森、郭预衡、曹桓武、顾之惠、房凤敏、程忠海、刘在昭等聚餐。在津期间，曾与部分同班同学刘丽新、陈继揆、王鸿宗、丛志苏等聚会。暑期后离津时，南开大学中文系以范曾先生所绘一幅《屈子行吟图》相赠。自此，每年都回南开大学讲课，并应邀赴国内多地院校讲授诗词。

1980年

6月，赴美国威斯康星大学参加首届国际《红楼梦》研讨会，得晤周汝昌先生、冯其庸先生。

1981年

4月，赴成都参加杜甫学会首届年会，与缪钺先生相遇。在京拜会俞平伯先生。

5月下旬，飞赴加拿大东岸的哈利法克斯（Halifax）参加亚洲学会年会，会后至佩姬湾（Peggy's Cave）观海。

1982年

再赴成都参加杜甫学会年会，游历昆明、兖州、曲阜、泰山、济南、巩义等地。在四川大学讲学时与缪钺先生约定合撰《灵谿词说》。

1983年

春夏之交，在四川大学讲学。

冬，赴昆明，在云南大学讲学。

1986年

11月14日，中华诗词学会在京筹委举行扩大会议，宣布中华诗词学会经文化部批准成立，被聘为顾问。

1987年

2月3日至16日，应北京辅仁大学校友会、国家教委老干部协会、中国国际文化交流中心、中华诗词学会诸单位联合邀请，在国家教委礼堂举行唐宋词系列讲座，共十讲，听众一千二百人。

2月23日至24日，出席中华诗词学会筹备会议并发表讲话。

5月31日，出席中华诗词学会成立大会并发言。

6月2日，出席中华诗词学会全体会议并发言。

1988年

7月6日至11日，叶嘉莹教授古典诗歌系列讲座在北京举办。

7月14日，应赵朴初先生之邀至广济寺相聚，当日为叶先生农历生日。

1989年

年初，应台湾清华大学之邀，在离台二十年后首度返台讲学，一个月内在台湾大学、辅仁大学、淡江大学共做七场演讲。

7月，至美国哈佛大学。

是年，从加拿大不列颠哥伦比亚大学亚洲学系退休。

1990年

5月，参加在美国缅因州举行的北美第一届国际词学会议。

秋，应台湾清华大学之邀赴台讲学一年。

1991年

1月13日，会见中华诗词学会会长周谷城。

4月，在台湾讲学时接到当选加拿大皇家学会院士的信函。

冬，在南开大学专家楼初会杨振宁先生。

1992年

春夏之交，赴兰州大学讲学，游历敦煌等地。

9月28日，应孙康宜邀赴耶鲁大学讲辛弃疾词，并与当地学人郑愁予等相晤。

1993年

1月，在南开大学创建中国文学比较研究所。应邀在美国加州万佛圣城讲陶渊明诗。

春夏之交，亲赴蒙特利尔的麦吉尔大学参加加拿大皇家学会院士证书颁发仪式。

6月25日，受邀在耶鲁大学参加"妇女与文学"国际会议，并提交论文《朱彝尊〈静志居琴趣〉之"弱德之美"的美感特质》。

1994年

2月初，至北京与陈邦炎先生商讨合作撰写《清词名家论集》，并谈及在国内成立古典文学幼年班的设想，经陈邦炎先生转达。

7月，被新加坡国立大学聘为客座教授。

11月6日，赵朴初先生给陈邦炎先生的回信中对在国内成立古典文学幼年班的设想表示肯定，并拟邀请张志公、叶至善等政协委员联名在次年全国政协会议上提出提案。

12月，在香港浸会大学发表演讲《谈北宋初期晏欧令词中文本之潜能》。

1995年

6月29日，在哈佛大学讲《清词之复兴》。

7月15日至17日，应邀赴美国俄勒冈大学讲唐诗课程，分别以中英文发表两次讲演，并参加一次会议。

10月，应加拿大华裔作家协会之邀讲《谈中国诗词文本中的多义与潜能》。与缪钺合著的《灵谿词说》获教育部"全国高等学校首届人文社会科学研究优秀成果奖"一等奖。

1996年

7月，在美国佛蒙特讲《清代史词及文廷式词》。

9月中旬，赴乌鲁木齐参加中国社科院文研所与新疆师范大学联合举办的"世纪之交中国古典文学及丝绸之路文明"国际学术研讨会，主讲《花间词》。会后游历吐鲁番、交河、高昌故城、玉门关、天池等地。

1997年

寒假，在不列颠哥伦比亚大学为留学生子弟讲古诗。

3月至6月，应陈幼石教授邀请至美国明尼苏达大学讲学。捐出自己退休金的一半，共计十万美元（当时约合近百万元人民币）在南开大学设立"叶氏驼庵奖学金"及"永言学术基金"，开始在南开大学中文系招收硕士研究生。温哥华企业家蔡章阁老先生在当地谢琰先生家中听过叶先生一次讲座后，主动捐资两百万元人民币为南开大学兴建中华古典文化研究所大楼（与范孙楼联为一体）。

1998年

致函国家领导人呼吁重视儿童幼年古典文化教育，获批复，随后教育部基础教育司编写了《古诗词诵读精华》教材一套。

7月，应温哥华中华文化中心之邀主讲《北宋初期晏欧词》（共四讲）。

1999年

4月至7月，应温哥华中华文化中心之邀，讲《柳永苏轼词》（共六讲）、《杜甫诗赏析》（共八讲）。

10月，出席南开大学中华古典文化研究所大楼落成典礼（南开大学中文系原中国文学比较研究所更名为中华古典文化研究所）。

11月，在香港岭南大学讲《中国古典诗歌的特质》。

2000年

2月20日，出席台北国际书展，并在书展中举行台湾桂冠图书股份有限公司出版的《叶嘉莹作品集》新书座谈会，发表演讲《谈中国古典诗词的今昔》。2月22日，在台湾大学讲《百年回首庚子秋词》。2月24日，在台北师范大学讲《从西方文论谈令词的多义与潜能》。2月25日，在辅仁大学讲《为什么爱情变成了历史》。

5月，应温哥华中华文化中心之邀，讲《百年回首》（共五讲）及《诗词文本中的多义与潜能》（共二讲）。

6月28日至7月2日，应邀赴台参加"世变与文学"国际会议，提交论文《谈词之美感特质之形成及词学之反思与世变之关系》。

7月4日，应澳门大学之邀参加澳门首次国际词学会议，初识澳门企业家沈秉和先生，沈先生主动提出向南开大学中文系中华古典文化研究所捐资一百万元人民币。7月19日至22日，应邀至海南师范学院，举办讲座《词之美感特质》。

9月23日至28日，应邀至深圳参加全国第十四届中华诗词研讨会，发表演讲《如何教幼儿学唐诗》。

10月21日，应天津广播电视大学徐士平导播之邀，参加拍摄幼儿学唐诗系列录像《与古诗交朋友》。

11月，南开大学文学院成立，开始在该院招收博士研究生。11月27日至30日，在南开大学讲《从西方文论看李商隐的几首诗》。

年底，在第四届"叶氏驼庵奖学金"颁奖典礼上以"吟诵"为题做报告，邀请范曾先生出席并吟诵《离骚》。

2001年

1月8日，至天津耀华中学主讲《诗词的欣赏》。1月9日，天津电视台播出专题纪录片《乡根·诗魂》。

2月至5月，应美国哥伦比亚大学之邀客座讲学一个学期，与王德威、夏志清重聚。

6月2日，在加拿大西蒙菲莎大学港口分校举办诗词文化讲座。6月17日至7月22日，在温哥华中华文化中心举办北宋名家词讲座。

7月21日，参加海外华人作协会议。

8月7日，在北京参加中国社科院举办的"文化视野与中国文学研究"国际学术会议并讲话。8月14日至23日，参加南开大学文学院中华古典文化研究所在天津蓟州区举办的大专院校教师暑期诗词讲习班，在开幕式及结业式中发言并举办两次讲座。

9月25日，应邀参加南开大学附属小学举办的诗歌吟诵会并讲话。9月26日，开始在南开大学拍摄唐宋词系列讲座南宋词部分录像。

10月30日，应天津大学邀请演讲《东坡词欣赏》。

2002年

1月23日，受邀在香港浸会大学讲《王国维之词与词论》。

1月29日，在（澳门教科文中心）澳门笔会上演讲《论词之雅郑在神不在貌》。

3月16日，受邀参加台湾辅仁大学主办的中国文学史国际研讨会并做演讲《阅读视野与诗词评赏》。3月 20日，应邀至台大图书馆礼堂发表专题演讲。

6月11日至7月26日，在温哥华岭南长者学院讲授《古诗十九首》（共六讲）。6月16日，在加拿大不列颠哥伦比亚全省多元文化学会讲《李义山诗之美感特质》。

7月28日，在温哥华帕克希尔酒店华语语文教师研习会讲《我诗词中的荷花》。自本年暑期开始在南开大学文学院招收博士后研究人员。秋，自南开大学专家楼迁入南开大学西南村教师住宅区单元楼居住。

9月17日，在南开大学迎水道校区讲《一位自然科学家的词作》。9月20日，于天津南开中学讲《王国维在〈人间词话〉中所提出的"三种境界"》。9月24日至26日，应席慕蓉邀，一同赴叶赫寻根并在吉林大学讲演。9月28日，受南京东南大学之邀讲《石声汉词》。9月30日，在苏州大学讲《词之雅郑在神不在貌》。

10月25日，在南开大学主办的全国《红楼梦》翻译研讨会上讲《〈红楼梦〉中的诗词》。

11月，受香港岭南大学之邀举办三次讲座：《漫谈中国诗的欣赏》《谈双重性别与双重语境下词的美感特质之形成》《苏轼诗化之词的三种美感特质》。11月14日，被香港岭南大学授予荣誉博士学位。

4月至11月期间，在中央电视台《百家讲坛》栏目讲《对传统词学与王国维词论在西方理论之观照下的反思》《从王国维词论谈其〈人间词话〉的欣赏》《几首咏花的古诗》。

12月15日，受中国现代文学馆之邀讲《从现代观点看几首旧诗》。

2003年

1月，在中国社会科学院文献情报中心演讲《小词大人生》。1

月29日，在中央电视台《百家讲坛》栏目讲《从现代观点看几首旧诗》。

从2月开始，在香港城市大学客座讲学一个学期，举办诗词系列讲座。2月中旬，在天津电视台播讲花间及南唐词讲座。澳门实业家沈秉和先生在南开大学文学院设立"迦陵古典文学奖助学金"，用以奖励高分考入中文系的新生，望以此激励更多的优秀人才加入研究和传播中华古典文化的队伍。

3月16日至17日，赴台参加"建构与反思——中国文学史的探索"学术研讨会（此为辅仁大学庆祝在台复校四十周年系列活动）。

4月2日至5日，台湾洪建全教育文化基金会举办叶嘉莹谈诗论词系列讲座共三讲：《感发生命——进入诗歌世界之门钥》、《在时光折射中对词之美感特质的解析》、《杜诗选谈》（与王文兴教授对谈）。

6月21日至7月26日，在温哥华岭南长者学院讲陶渊明《拟古九首》组诗。

8月，北京祖宅旧居——西城区察院胡同二十三号被拆。8月26日至29日，受邀参加在河北省北戴河召开的全国第十七届中华诗词研讨会。

9月，应邀至河北白洋淀观赏荷花。9月22日至25日，应西安交通大学邀讲《杜甫的〈秋兴八首〉》（共二讲）。9月，中央电视台科教频道《讲述》栏目播出专题片《诗魂》。

10月5日，在中国国家图书馆讲《从双重语境与双重性别看唐五代词的审美特质》。10月18日，在南开大学讲《我与南开二十四年》。

11月8日至11日，参加在东南大学举行的中国人文教育高层论坛首届会议，并发表演讲《小词中的人生境界》。11月10日，应南京大学之邀，发表演讲《从李清照到沈祖棻——谈女性词作之美感特质的演进》。11月16日，在现南通大学讲《东坡词的艺术与人生》。

12月20日，在中国国家图书馆部级领导干部历史文化讲座上演讲《东坡词的艺术与人生》。

2004年

3月13日至4月24日、5月15日至7月3日在温哥华岭南长者学院分两次举办《从性别与文化谈女性词作美感特质之演进》及《明清女性词作》系列讲座。

5月，与温哥华友人谢琰、施淑仪、陶永强、梁珮、王锦媚等至托菲诺（Tofino）度假。

9月3日至5日，应邀在北京参加中华文化促进会举办的2004年文化高峰论坛。9月11日至12日，在北京现代文学馆演讲《从王国维〈红楼梦评论〉谈起》《王国维对南唐三家词的评赏》。9月30日、10月20日，北京电视台《华人纪事》栏目分别录制《叶嘉莹教授专访》和《叶嘉莹教授与杨振宁教授对话》。

10月21日至23日，南开大学举办庆祝叶嘉莹教授八十华诞暨国际词学研讨会。蔡章阁先生长子、香港蔡章阁基金会主席蔡宏豪先生捐款三十万元人民币，在南开大学文学院中华古典文化研究所设立"蔡章阁奖助学金"。

11月2日至5日，中央电视台《百家讲坛》栏目播讲《叶嘉莹评点王国维的人生观》、《叶嘉莹评点〈红楼梦评论〉》、《叶嘉莹评赏南唐三家词》（上、下）。11月20日至24日，应邀至上海观看昆曲青春版《牡丹亭》。

12月2日，北京师范大学北京文化发展研究院、北京文化国际交流中心、文学院古代文学研究所主办叶嘉莹先生八十寿辰暨学术思想研讨会，发表演讲《〈迦陵诗词稿〉中的乡情》。12月3日，应凤凰卫视《世纪大讲堂》栏目之邀讲《西方文论与传统词学》。

2005年

1月7日至23日，在天津电视台录制《谈词之美感特质的形成与演进》系列讲座。1月27日，在南开大学文学院举办的"中国古代文学作品选"课程·2005年寒假全国高校骨干教师研修班上讲《词的特质与鉴赏》。

2月19日，在台湾洪建全教育文化基金会敏隆讲堂主讲《叶嘉莹谈戏曲》。2月23日，在台湾"中央大学"主讲《花间的歌唱》。2月25日，在台湾清华大学主讲《英雄的眼泪》。2月26日，在台湾清华大学主讲《稼轩词与梦窗词》。

3月2日，在台湾长庚大学主讲《词的美感特质》。

5月28日至7月23日，在温哥华岭南长者学院开讲《清词系列之一·谈清词中兴之源起——云间三子及吴、龚、王、钱》（共八讲）。

8月27日，参加中加汉语教学研讨会年会，并做演讲《从中文的语言特征谈古典诗词的美感》。

9月5日至9日，应王蒙先生之邀访问中国海洋大学并演讲《西方文论与传统词学》，与王蒙先生对谈《中国传统诗词的感悟》。9月18日至25日，应席慕蓉之邀赴内蒙古呼伦贝尔大草原做原乡之旅。

10月16日，应邀参加中国人民大学国学院开学典礼暨揭牌仪式。

12月17日，在中国国家图书馆讲演《从性别与文化谈早期女性词作的美感特质》。12月19日，在北京大学中文系讲演《从文学体式与性别文化谈词之美感特质的形成与演进》。

2006年

2月21日，受邀在中山大学讲《从几首词例谈词的"弱德之美"》。2月26日，中央电视台《大家》栏目播出叶嘉莹教授专访。

3月，在台湾清华大学举办中国古典诗歌系列讲座（共五讲）：《从形象与情意之关系，看西方文论与传统诗说中"赋、比、兴"之说的异同》《从具体诗例看"赋、比、兴"之作用在传统诗歌中的演化》《陶渊明饮酒诗选讲》《杜甫诗写实中的象喻性》《李商隐的〈锦瑟〉与〈燕台〉》。3月20日，在台湾东海大学文史哲中西文化学术系列讲座中主讲《从文学体式与性别文化谈词的"弱德之美"》。3月27日，在台湾淡江大学讲《小词的人生境界》。

4月18日，被台湾斐陶斐荣誉学会授予第十一届杰出成就奖。

5月，与友人谢琰、施淑仪、陶永强、梁珮、王锦媚等至温哥华岛阿莱休闲区度假。

6月3日至7月15日，在温哥华岭南长者学院续讲《清词系列之二——阳羡词派陈维崧等人及纳兰性德》（共六讲）。

8月16日，参加南开大学历史学院"中唐以来思想文化与社会演进"国际学术研讨会。

9月，因左锁骨骨折入住天津医院。

10月19日，应邀至天津农学院发表演讲《一位古生物学家词中的生命反思》。

11月4日，在中国国家图书馆讲《从不成家数的妇女哀歌到李清照词的出现》。11月6日，应冯其庸教授之邀在中国人民大学国学院做《小词中的儒家修养》的演讲。

12月19日，在南开大学讲《爱情与道德的矛盾和超越——论词学发展的过程》。12月30日，在天津政协礼堂讲《中国古典诗歌的吟诵传统》。

2007年

2月3日、4日、10日、11日，中国教育电视台先后播出叶嘉莹教授系列讲座：《词的美感特质》《词例的评赏》《诗的美感特质》《诗例的评赏》。2月10日，应中国国家图书馆部级领导干部历史文化讲座之邀，发表演讲《谈婉约词的欣赏》。

3月7日，出席中华书局在南开大学文学院章阁厅举办的叶嘉莹《迦陵诗词稿》新书发布暨座谈会。

7月1日至8月11日，在温哥华岭南长者学院续讲《清词系列之三——浙西词派朱彝尊等人》（共六讲）。

9月29日，应中央电视台之邀，在广东佛山讲《小词中的儒家修养》。

10月初，受邀访台。10月2日，在台湾大学讲《神龙见首不见尾——谈〈史记·伯夷列传〉之章法与词之美感特质》《陈曾寿词中的遗民心态》；10月4日，在洪建全教育文化基金会讲旧体诗词；10月6日，在长庚大学讲《镜中人影——〈迦陵诗词稿〉中的我（一）》；10月9日，在台湾大学讲《陈曾寿词中的遗民心态》；10月11日，在台湾清华大学讲《镜中人影——〈迦陵诗词稿〉中的我（二）》。10月18日，在南开大学讲《爱情为什么变成了历史——谈清代词史观念的形成与清代的史词》。

11月25日，香港凤凰卫视《名人面对面》栏目播出叶嘉莹访谈。

12月，应澳门中华诗词学会邀请，赴澳门参加爱国侨领梁披云先生百岁寿典。

2008年

5月3日，赴渥太华参加长外孙女婚礼，顺道在美国东部讲学；5月6日，在美国华盛顿华府侨教中心举办讲座，讲题为《从双重性别与双重语境谈晚唐五代词的美感特质》；5月10日，应美国哈佛大学之邀讲《现代文论与传统词学》。5月24日，丈夫赵钟荪病逝于温哥华。

6月21日至7月26日，在温哥华岭南长者学院续讲《清词系列之四——常州词派张惠言等》（共六讲）。

9月17日，应天津师范大学文学院之邀讲《古典诗词的吟诵传统》。

10月24日，参加南京大学举办的清词学术研讨会，发表演讲《清代词人对词之美感特质之反思》。10月25日，应东南大学第四届"华英文化系列讲座——大师系列"之邀，发表演讲《王国维〈人间词话〉问世百年的词学反思》。

11月5日至28日，南开名家论坛举办叶嘉莹先生回国讲学三十周年系列讲座，讲《王国维〈人间词话〉问世百年的词学反思》（共四讲）。

12月12日，在南开中学讲《〈迦陵诗词稿〉中的荷花》。12月20日，被中华诗词学会授予"中华诗词终身成就奖"。

2009年

2月21日，在台湾洪建全教育文化基金会敏隆人文纪念讲座讲《王国维〈人间词话〉问世百年的词学反思（上）》。2月23日，在台湾"中央研究院"讲《王国维〈人间词话〉问世百年的词学反思（下）》。

6月20日、21日，参加温哥华中学教师会议，发表演讲《稼轩词》。

7月4日至8月15日，在温哥华岭南长者学院举办"王国维《人间词话》问世百年"系列讲座（共七讲）。

9月6日，应台湾大块文化公司之邀，在北京大学英杰中心阳光大厅讲《如何解读迷人的诗谜——李商隐诗》。9月22日至25日，应邀赴杭州参加浙江卫视拍摄西湖的节目。

10月12日，应中央电视台之邀，参加"中华诵"经典诵读大型诗歌朗诵会，现场吟诵古典诗词。10月13日至16日，应邀参加由教育部、首都师范大学联合主办的"中华吟诵周"活动。10月17日，在南开大学发表演讲《我与南开三十年》，作为南开大学建校九十周年系列庆祝活动之一。10月24日，在天津广播电视大学讲《谈〈苦水作剧〉在中国戏曲史上空前绝后的成就》。

11月6日至8日，在京参加顾随百年诞辰纪念会，发表演讲《谈〈苦水作剧〉在中国戏曲史上空前绝后的成就》。11月12日，应南开大学跨文化发展研究院之邀，为即将出国教汉语的老师上中华诗词文化培训课，讲授《中华诗词之特美》系列讲座第一讲。

12月11日，应中山大学邀请，讲《从一些实例看诗词接受和传达的信息》。12月17日，应台湾"中央大学"余纪忠讲座之邀，发表演讲《百炼钢中绕指柔——辛弃疾词的欣赏》。12月18日，受邀参加台湾"中央大学"举办的"钱锺书教授百岁纪念"国际学术研讨会，发表演讲《从中国诗论之传统及诗风之转变谈〈槐聚诗存〉的评赏》。

2010年

1月8日，应汉德唐书院中西文化博学班邀请，发表演讲《从性别文化谈小词中画眉簪花照镜之传统》。1月15日，应国家汉办全球孔子学院院长培训班邀请，讲授《中华诗词之特美》系列讲座第二讲。1月30日，北京大学清华大学天津校友会邀讲《南唐冯李词对花间温韦词的拓展》（"中华诗词之特美"系列讲座第三讲）。

7月3日至8月7日，在温哥华岭南长者学院举办系列讲座《北宋名家词选讲之一——晏殊、欧阳修、晏几道、秦观》（共六讲）。

9月22日，应邀出席"中国因你更美丽"——2010《泊客中国》颁奖盛典，并为美国当代作家、翻译家和著名汉学家比尔·波特颁奖。

10月9日，应天津军事交通学院邀约，举办讲座《从西方意识批评文论谈辛弃疾词一本万殊的成就》。10月16日，参加在扬州举办的首届儿童母语论坛"小学母语教育与中华传统文化"，发表演讲《中国古典诗歌的欣赏》。10月18日，参加南开大学文学院主办的中国唐代文学学会第十五届年会暨唐代文学国际学术研讨会闭幕式。

12月1日凌晨，温哥华家中失窃，丢失物品中包括台静农先生书写的一副联语"室迩人遐，杨柳多情偏怨别；雨余春暮，海棠憔悴不成娇"、缪钺先生书写的一首《相逢行》七言长古，以及范曾先生的三幅书画作品：《维摩演教图坐相》《高士图》与《水龙吟》词书法。年底，作为首席专家中标2010年国家社会科学基金重大项目"中华吟诵的抢救、整理与研究"。

2011年

1月10日，在南开大学讲《谈中国旧诗之美感特质与吟诵之传统》。

2月18日，在南开大学讲《我对中华传统诗词感发生命的理解》。

3月22日、24日、26日，应台湾大块文化出版公司之邀，在南开大学举办《中华诗词的吟诵传统与美感特质》系列讲座（共三讲）。

5月14日，应加拿大华裔作家协会邀讲《评介晚清名词人陈曾寿》，并在温哥华举办系列讲座《弱德之美——晚清世变中的诗词》（共六讲）。

9月28日，应东北财经大学之邀，发表演讲《从几首诗例谈中国诗歌之美感特质与吟诵之关系》。

10月18日，应南开大学"初识南开"讲座之邀，发表演讲《从几首诗词谈我回国教学的动机与愿望》。10月24日，应邀出席陈省身先生诞辰一百周年纪念会，并做题为《从陈省身先生手书的一首诗谈起》的发言。

11月9日，应人民日报《文史参考》杂志社之邀，在清华大学发表演讲《我心中的诗词家国》。11月13日，在首都师范大学参加第二届"中华吟诵周"相关活动，主讲吟诵的重要性。

12月29日，以最高票数当选由南开大学研究生院主办的第四届南开大学研究生"良师益友"。

2012年

2月1日，应邀出席由国务院参事室、中央文史研究馆主办的

"中华诗词吟唱会"。2月27日、29日，3月1日、3日，在南开大学录制中国大学视频公开课《小词中的修养境界》（共四讲）。

3月7日，在南开大学汉语言文化学院讲《论古典诗歌的美感与吟诵》。3月17日，在中国国家图书馆部级领导干部历史文化讲座中发表演讲《中国古典诗歌的美感特质与吟诵》。

6月15日，被聘为中央文史研究馆馆员。

6月至7月，应加拿大华裔作家协会之邀讲《中国古典诗词的美感特质》（共四讲）。

8月17日，在温哥华地区列治文图书馆发表演讲《从双重性别与双重语境谈晚唐五代词的欣赏》。

9月28日，应邀出席由横山书院与中国艺术研究院联合主办的"多闻多思"系列学术公益讲座，发表演讲《我与莲花及佛法之因缘》。9月29日晚，出席横山书院举办的月印横山雅集。

10月25日，在南开大学"初识南开"讲座上主讲《〈迦陵诗词稿〉中的家国沧桑》。10月28日，应中国国家图书馆部级领导干部历史文化讲座之邀讲《小词中的修养境界》。10月29日，应中国传媒大学之邀讲《古典诗词诵读中的"家国情怀"》。

2013年

2月19日、20日、21日，应中华吟诵学会与亲近母语文化教育有限公司联合邀请，在南开大学爱大会馆会议厅举办"古典诗词的吟诵与教学"系列讲座。

3月8日，在南开大学讲《西方文论与中国词学》。3月，作《金缕曲》为恭王府海棠雅集首唱。5月19日，在加拿大温哥华出席2013年全加华文教育会议并发表演讲《南唐君臣词之承前启后的影响》。

7月6日，出席由中华书局发起，光明日报社、中央电视台、中华诗词学会、中华诗词研究院、中国移动共同举办的"中国诗·中国梦"——首届"诗词中国"传统诗词创作大赛颁奖典礼，为大赛获奖者颁奖。7月8日，应湛如法师之邀至法源寺相聚，当日为叶先生农历生日。7月13日，出席由横山书院与中国艺术研究院联合主办的"2013文化中国夏季讲坛"讲座。7月27日、8月10日、8月17日、8月24日，受加拿大华裔作家协会之邀，在加拿大西蒙菲莎大学举办"李商隐诗"系列讲座（共四讲）。

10月31日，在南开大学主楼小礼堂讲《从西方文论与中国传统诗学谈李商隐诗的诠释与接受》。

11月25日至12月8日，赴台参加台湾趋势教育基金会等主办的"向大师致敬——2013叶嘉莹"系列活动，包括"庆祝叶嘉莹教授九十华诞生平资料展"，演讲《从几首诗例谈杜甫继古开今多方面之成就》。

12月16日，在"叶氏驼庵奖学金"颁奖典礼上讲《读书曾值乱离年》。12月20日，出席中央电视台"中华之光——传播中华文化年度人物评选"颁奖典礼，荣获"传播中华文化年度人物"奖。12月21日，应邀出席由中国民生银行主办的第八届快哉雅集。12月22日，在人民教育电子音像出版社录制《叶嘉莹——诗的故事》。

2014年

3月22日，应邀出席横山书院与中国艺术研究院联合主办的"2014文化中国春季讲坛"，发表演讲《九十回眸——论〈迦陵诗词稿〉中之心路历程》。

4月17日，在中国外文局演讲《九十回眸》。

5月9日至12日，南开大学与中央文史研究馆联合举办叶嘉莹教授九十华诞暨中华诗教国际学术研讨会，"叶嘉莹教授手稿、著作暨生平影像展"。

7月16日，参加加拿大不列颠哥伦比亚大学亚洲图书馆举办的"叶嘉莹教授手稿、著作暨生平影像展"。

9月29日，荣获由凤凰网、凤凰卫视、岳麓书院主办的"致敬国学——2014首届全球华人国学大典"国学传播奖。

11月22日，文化部恭王府管理中心将两株西府海棠移植南开大学迦陵学舍。

12月6日，应邀出席由中国民生银行主办的第九届快哉雅集。12月7日，应北京民生中国书法公益基金会邀请，在快哉雅集现场为北京市海淀区、西城区师生及家长代表讲《诗的故事》。12月14日，在南开大学为全国国税局国学培训班讲《词意抉隐——谈苏辛词各一首》。12月 20日，出席横山书院举办的"学在横山·诗中忘年"雅集。

2015年

1月6日，荣获由中华文化促进会、香港凤凰卫视主办评选的

"2014中华文化人物"荣誉称号。1月11日，应邀至南开大学商学院演讲《从漂泊到归来》。

2月11日，在人民教育电子音像出版社录制《叶嘉莹谈吟诵》。2月12日，录制北京民生中国书法公益基金会系列公益项目"中华诗词人物系列《与诗书在一起》专题演讲之冯延巳"。3月15日，出席由横山书院和中国艺术研究院联合主办的"2015文化中国春季讲坛"，发表演讲《我诗中的梦与梦中的诗》。

3月19日，录制北京民生中国书法公益基金会系列公益项目"中华诗词人物系列《与诗书在一起》专题演讲之韦庄"。

4月13日，应邀出席文化部恭王府管理中心举办的第五届海棠雅集，并现场读诵六十七年前刊发在《中央日报》的宗志黄的两套散曲。一套以《正宫·端正好》一支曲子为开端，发表于1948年6月21日，写的是当时的国民政府官员于胜利后，把"接收"变成"劫收"，上下贪腐，不到三年就面临败亡的结果；另一套以《南吕·一枝花》一支曲子为开端，发表于1948年7月15日，写的是在抗战后期，百姓在战乱中逃亡，经受颠沛流离之苦。4月13日，录制北京民生中国书法公益基金会系列公益项目"中华诗词人物系列《与诗书在一起》专题演讲之李煜"。4月26日，应邀参加由天津市文化广播影视局、天津市新闻出版局、光明日报社联合主办，由天津图书馆及天泽书店承办的"海津讲坛"公益讲座，在天津图书馆文化中心新馆报告厅演讲《从漂泊到归来》。

5月2日、9日，凤凰卫视《文化大观园》栏目连续两期播出《对话诗词大家叶嘉莹》。

6月3日，录制北京民生中国书法公益基金会系列公益项目"中华诗词人物系列《与诗书在一起》专题演讲之温庭筠"。6月16日，国务院相关领导人亲笔给叶先生等人就中华传统吟诵的联名信书写长达一页的批示，充分肯定了叶先生多年来在延续诗教传统、弘扬民族文化优秀元素方面做出的突出贡献。

8月20日，当选为中华诗词学会名誉会长。

10月10日，出席由横山书院和中国艺术研究院联合主办的"2015文化中国秋季讲坛"，发表演讲《从词的起源看丝路上的文化交流》。10月17日、18日，南开大学与中央文史研究馆联合主办"叶嘉莹教授从教七十周年"系列活动，其中包括三个主要活动：①10月17日，在南开大学举行迦陵学舍启用仪式。学舍功能集教学、科研、办公、生活于一体，其修建曾得到加拿大华侨刘和人女士、澳门实业家沈秉和先生各一百万元人民币资助，以及南开大学的大力支持。学舍修建的消息传出后得到社会有关人士多方支持。②10月18日上午，在南开大学东方艺术大楼举行加拿大阿尔伯塔大学授予叶嘉莹教授荣誉博士学位仪式，加拿大驻华大使赵朴（Guy Saint-Jacques）先生全程出席。③10月18日下午，举行"叶嘉莹古典诗词教育思想"座谈会。

11月1日，应邀出席国务院参事室、中央文史研究馆在中国美术馆举办的"文史翰墨——第二届中华诗书画展"开幕式，并现场做吟诵示范。2日，应邀在北京会议中心面向全国各地文史馆馆员代表发表演讲《从词的起源看丝路上的文化交流》。

2016年

3月25日，获得由凤凰卫视等共同评选的"影响世界华人大奖"终身成就奖。

4月6日，应邀在天津大剧院演讲《要见天孙织锦成——我来南开大学任教的前后因缘》。

8月6日，出席由横山书院和中国艺术研究院联合主办的"2016文化中国秋季讲坛"，发表演讲《中印文化交流对中国诗词的影响》。8月27日，在中国词学学会主办、河北大学承办的2016词学国际学术研讨会上获颁首届"中华词学研究终身成就奖"。

2016年，叶嘉莹教授将出售北京、天津房产的收入一千八百五十七万元全部捐赠给南开大学设立"迦陵基金"，志在推动古典诗词教育，助力中华优秀传统文化传承。

2017年

3月18日，出席"2017文化中国春季讲坛"，发表《西方文论与中国词学》的主题演讲。3月20日，应邀参加中央电视台《朗读者》节目录制。

4月8日，台湾洪建全教育文化基金会率团来迦陵学舍参观交流。4月9日，在南开大学东方艺术大楼演播厅举办主题演讲《〈迦陵诗词稿〉中的心路历程》。4月15日，文化部恭王府管理中心在迦陵学舍举办海棠雅集。

7月20日，教育部语言文字应用管理司中国语文现代化学会在南开大学综合实验楼报告厅举办"普通话吟诵研究与传承"学术研讨会，做《谈中国诗歌之吟诵》主题演讲及吟诵示范。

11月11日，出席"2017文化中国秋季讲坛"，发表《〈迦陵诗词稿〉中非言志的隐意识之作》主题演讲。11月13日，随文学纪录电影《掬水月在手》拍摄团队在北京恭王府博物馆拍摄、接受访谈。11月14日，随文学纪录电影《掬水月在手》拍摄团队在北京故宫拍摄、接受访谈。

12月12日，在天津中医药大学演讲《以我自己的作品为例——谈诗歌中隐意识与显意识之呈现》。12月21日，出席南开大学举办的"叶氏驼庵奖学金"颁奖典礼并演讲《"心中一焰"——我对后学者的期望》。

2018年

1月15日，为配合文学纪录电影《掬水月在手》的拍摄，拟前往迦陵学舍与台湾学生视频见面，不慎在家中摔倒。

2月16日，大年初一，中央电视台科教频道播出叶先生采访。

4月3日，为中共中央纪律检查委员会网站录制讲授孟郊诗。4月17日，入选"改革开放四十周年最具影响力的外国专家"。4月22日，出席由恭王府在南开大学迦陵学舍举办的第八届海棠雅集活动，并当场吟诗。

6月24日，参加南开大学荷花节并在迦陵学舍接受媒体采访。

7月13日，由台湾著名作家、昆曲制作人白先勇担任总制作人、总策划的昆曲剧目——校园传承版《牡丹亭》在南开大学演出，为叶先生祝寿。7月15日，中央电视台新闻频道《面对面》栏目播放叶嘉莹先生专访《诗词慰平生》。

9月10日，荣获2018年度中央电视台评选的"最美教师"称号。
9月22日，温家宝同志到南开大学迦陵学舍看望叶嘉莹先生，与叶
嘉莹先生亲切会谈。

11月1日，中央电视台《国家记忆》栏目播出《传薪者——诗
词留香叶嘉莹》专题片。

12月6日晚，作为捐赠人应邀出席2018年南开大学社会捐赠
感恩答谢会，会上播放《掬水月在手》片花。12月17日，出席第
二十二届"叶氏驼庵奖学金"、第十四届"蔡章阁奖助学金"颁奖
典礼。12月，入选"感动中国2018年度候选人物"。

2019年

1月4日，入选中国新闻社主办的"乔鑫杯·2018全球华侨华
人年度人物"。1月29日，再次向南开大学"迦陵基金"捐款人民币
一千七百一十一万元。

3月31日，由北京民生中国书法公益基金会设立的"中华传统
文化民生奖学金"在京举行启动仪式，其中包括"叶嘉莹民生奖
学金"。

4月13日，由恭王府主办、中华古典文化研究所协办的第九届
海棠雅集活动在迦陵学舍举办。

8月18日，获聘为南开大学终身校董。8月22日，首届中华经典
诵写讲大赛之"迦陵杯·诗教中国"诗词讲解大赛全国总决赛在南
开大学开赛，与参赛选手见面交流。

9月10日，"叶嘉莹教授归国执教四十周年暨中华诗教国际学术研讨会"在南开大学举办；荣获"南开大学教育教学终身成就奖"；高等教育出版社研发的数字产品《聆听叶嘉莹》正式上线。9月30日，荣获"中国政府友谊奖"。

10月27日，温哥华国韵合唱团、南开大学学生合唱团、南开大学教师合唱团、天津校友会校友合唱团，共同献礼叶嘉莹教授归国执教四十周年暨纪念《黄河大合唱》首演八十周年，在南开大学田家炳音乐厅举办合唱音乐会。

11月25日，首届"中华传统文化民生奖学金·叶嘉莹民生奖学金"在北京公布获奖名单。

12月31日，在西南村家中会见第二十三届"叶氏驼庵奖学金"、第十五届"蔡章阁奖助学金"获奖学生代表。12月31日，范曾先生向叶先生赠送画作，此作是范曾先生根据叶先生词作《浣溪沙》（"无限清晖景最妍。流光如水复如烟。一轮明月自高悬。　　已惯阴晴圆缺事，更堪万古碧霄寒。人天谁与共婵娟。"）而创作。范曾先生将叶先生词作抄录于画作上，并依原韵和词一首："记得村居碧草妍。追陪高论沐霞烟。能忘树顶月孤悬。　　世上睽违缘俗谛，老来心事伴秋寒。千程何碍忆婵娟。"

2020年

1月3日，天津市科学技术局党委委员、副局长，天津市外国专家局局长袁鹰一行看望叶先生，并呈送"2019年度中国政府友谊奖"证书。

4月13日，教育部办公厅发布关于举办第二届中华经典诵写讲大赛的通知，"迦陵杯·诗教中国"诗词讲解大赛是其中的四个赛项之一。

7月18日，文学纪录电影《掬水月在手》入围2020年第二十三届上海国际电影节金爵奖官方入选影片纪录片单元。

8月29日，文学纪录电影《掬水月在手》在北京国际电影节放映。

9月10日，文学纪录电影《掬水月在手》教师节特别展映暨"央视新闻公开课"致敬"弱德之美"活动在南开大学举办，叶嘉莹先生出席，讲授"开学第一课"，并通过央视新闻客户端、学习强国等直播。9月11日，"远天凝伫，弱德之美"叶嘉莹文学纪录电影《掬水月在手》学术研讨会在南开大学迦陵学舍举行。

10月16日，文学纪录电影《掬水月在手》全国艺联专线上映。

11月28日，文学纪录电影《掬水月在手》荣获第三十三届中国电影金鸡奖最佳纪录/科教片奖。由教育部、国家语言文字工作委员会主办，南开大学、高等教育出版社承办的第二届中华经典诵写讲大赛之"迦陵杯·诗教中国"诗词讲解大赛全国总决赛在线上举办。

12月21日，第二十四届"叶氏驼庵奖学金"、第十六届"蔡章阁奖助学金"因疫情原因在网上公布获奖名单。12月23日，北京民生中国书法公益基金会第二届"叶嘉莹民生奖学金"获奖名单在网上公布。

2021年

2月17日，叶嘉莹先生获评"感动中国2020年度人物"。

3月23日，教育部办公厅发布关于举办第三届中华经典诵写讲大赛的通知，"迦陵杯·诗教中国"诗词讲解大赛是其中的四个赛项之一。

7月7日，国际儒学联合会会长刘延东一行在南开大学党委书记杨庆山陪同下，看望了叶嘉莹先生。之后国际儒联与南开大学签署战略合作框架协议，共建迦陵书院，扩大中华诗词与文化的传播面和影响力。

10月18日，叶嘉莹先生获得"第六届世界中国学贡献奖"。10月18日至19日，第三届中华经典诵写讲大赛之"迦陵杯·诗教中国"诗词讲解大赛全国总决赛在浙江诸暨海亮教育园举办，叶嘉莹先生录制了视频向参赛选手表示问候。在10月19日第三届"迦陵杯·诗教中国"诗词讲解大赛全国总决赛的总结仪式上，"诗教润乡土"活动正式启动。该活动受教育部语言文字应用管理司指导，旨在积极推动以优秀诗词文化和卓越诗词教育服务乡村振兴、助力共同富裕、促进民族团结。

11月5日，中央电视台《鲁健访谈》栏目播出《对话叶嘉莹》专题片。

2022年

1月2日，中央电视台综艺频道《读书　我的2021》特别节目播出叶先生访谈，叶先生推荐书目《论语》。1月28日，在中国传统节日春节即将到来之际，叶先生以视频形式向海内外故交挚友致意，送上新春祝福。

2月1日，《为有荷花唤我来——叶嘉莹在南开》由中国大百科全书出版社出版。这是南开大学中文系1982级校友倡议并组稿，由南开大学校友会和南开大学文学院共同出资出版的唯一一部记述叶嘉莹先生执教南开、作育人才的著作。

6月3日，中央电视台《鲁健访谈》栏目播出《对话叶嘉莹》专题片。本月，抖音、字节跳动公益基金会联合南开大学文学院、中华书局，推出短视频版《唐诗三百首》，邀请叶嘉莹等二十三位名师解读唐诗经典。

10月19日，第二十五届"叶氏驼庵奖学金"、第十七届"蔡章阁奖助学金"评选活动启动。

11月29日，由教育部、国家语言文字工作委员会主办，南开大学、高等教育出版社承办，慈溪市慈吉教育集团协办的第四届中华经典诵写讲大赛之"迦陵杯·诗教中国"诗词讲解大赛全国总决赛在线上举办，叶嘉莹先生录制了视频向参赛选手表示问候。

12月28日，叶先生到天津医科大学总医院住院治疗。12月29日，著名中医专家张伯礼院士亲往天津医科大学总医院探望，与院方专家共同研究叶先生的治疗方案。

2023年

1月9日，叶先生康复出院。

2月3日，叶先生再次到天津医科大学总医院住院治疗。

4月10日，由文化和旅游部恭王府博物馆、中华诗词学会、南开大学文学院共同主办的第十二届（癸卯）"海棠雅集"成功举办。会上，中华诗词学会周文彰会长向叶嘉莹先生颁发"百岁诗星"荣誉证书（由南开大学文学院转呈），不少诗家还现场以诗词庆贺叶嘉莹先生百岁华诞。4月22日，由教育部语用司指导，国家语言文字推广基地（南开大学）、中华经典诵写讲大赛执委会（语文出版社）联合浙江省教育厅、金华市人民政府主办的"典耀中华"阅读大会暨第五届中华经典诵写讲大赛启动仪式在浙江金华举办，"迦陵杯·诗教中国"诗词讲解大赛是其中的四个赛项之一。

8月22日，由教育部、国家语言文字工作委员会主办，南开大学、高等教育出版社、金华市人民政府承办，金华市教育局、浙江人文经济研究院、迦陵书院协办，金华市外国语实验学校执行承办的第五届中华经典诵写讲大赛"迦陵杯·诗教中国"诗词讲解大赛全国总决赛在浙江金华拉开战幕。来自全国二十九个省区市的二百七十名选手，分为大学教师、中学教师、小学教师、大学生、留学生五个组别，围绕经典诗词讲解、古典诗词当代传承等主题，切磋比拼诗词传讲艺术、学识见解和教育技能。总决赛开幕式上，还举行了"诗教润乡土"推进活动，邀约浙江省桐庐县文联、四川省大邑县教育局、广州行人文化传播有限公司、海亮教育管理集团等九家单位作为示范单位，拓展"诗教润乡土"活动的广度、深度，丰富并创新活动开展的方式方法。

9月10日，《为有荷花唤我来——叶嘉莹在南开》出版暨贺叶嘉莹先生百岁寿诞座谈会在南开大学举行。当日，抖音联合南开大学文学院上线"荷畔诗歌节"系列节目，邀请文化嘉宾相聚兰溪八卦村荷花池畔，围绕中国古典诗词与现代生活、语文教育、AI写作、当代传播等话题的碰撞展开讨论，分享传统文化的多样魅力，与网友共读古诗词。此次诗歌节以"荷畔"冠名，是对叶嘉莹先生诗教精神的致敬，也是希望把古诗词的"荷香"传递给更多人。9月20日，《唐诗三百首（名师抖音共读版）》新书发布会在北京举办。该书由中华书局编辑出版，根据短视频版《唐诗三百首》讲稿整理而成，集结了叶嘉莹等二十三位名家学者的讲授。此版本既展现了权威底本和名师解析的专业性，也保留了短视频原稿的互动性等特点。

10月15日，"中华诗教国际学术研讨会"在南开大学开幕。来自世界各地的近二百位学者，共话中华诗歌的传承与弘扬，以学术研讨交流的方式向叶嘉莹先生百岁华诞致敬。本次会议由南开大学、中央文史研究馆、国际儒学联合会联合主办，高等教育出版社、天津市教育发展基金会协办。

11月26日晚，音舞诗剧《诗教绵绵——为有荷花唤我来》在南开大学八里台校区田家炳音乐厅成功首演。当晚，第二十六届"叶氏驼庵奖学金"暨第十八届"蔡章阁奖助学金"颁奖仪式隆重举行。

12月6日，南开大学文学院与浙江人文经济研究院联合发起"诗不远人话迦陵"短视频抖音寄语活动，以叶嘉莹先生百岁华诞系列活动为契机，邀请关心热爱古典诗词的各界友人，一起线上读诗讲诗，弘扬中华诗教。

2024年

2月4日，南开大学党委书记杨庆山到天津医科大学总医院看望叶先生。2月23日，中央文史研究馆文史业务司耿识博代表中央文史研究馆前往总医院看望叶先生。2月22日至27日，为向叶先生百岁华诞致敬，中央电视台科教频道《百家讲坛》播出《诗词大先生》，该节目分为《未应磨染是初心》《文明新旧能相益》《心理东西本自同》《只是征行自有诗》《高节人相重》《诗教绵绵传嗣响》（共六讲）。

7月2日至5日，中央广播电视总台《读书》栏目播出《诗词与我：叶嘉莹先生百岁华诞读书会》系列节目（共四集）。7月6日，南开大学与抖音、央视频联合在迦陵学舍举行"诗话人生"主题直播活动，天津天塔点亮，共同庆祝叶嘉莹先生百岁农历生日。南开大学与"学习强国"学习平台、浙江人文经济研究院共同发起的"'迦陵杯'中华诗教大会"古典诗词讲解短视频征集活动正式启动。

9月11日，中央广播电视总台《国家记忆》节目播出《教育家精神》第六集，重点介绍了叶嘉莹先生的事迹。

（本年表由张静、可延涛编，经叶嘉莹先生本人审阅校订。）